簡短但衝擊強烈，在讀者閱讀前後間鑿出一個大斷層。我能用「優雅」、「技藝高超」或用凱薩琳·曼斯菲爾德／托妮·莫里森／克勞蒂雅·蘭金等文學巨擘比擬這本書，但其實更簡單地說，在閱讀這本書的過程中我充滿希望，它不只標誌了事物變化的時刻，而且使這種變化成為可能。

——艾莉·史密斯《夏日》作者

犀利、精巧、如愛麗絲夢遊仙境般引人入勝……布朗的控訴縝密、清晰、優雅，如一面以散文拋光的鏡子映照著她那不那麼後殖民的國家。只有一個謎團尚未解答：為何一本如此輕的小說可以承受如此巨大的重量。

——德西麗·巴蒂斯特《時代文學副刊》

《集合體》以細緻的準確度實現了維吉妮雅·吳爾芙的規勸，即「記錄原子落入心靈的順序……」它讓人憶起弗蘭茲·法農關於被殖民經驗引發精神分裂的作品，或 W.E.B. 杜波依斯的雙重意識理念……布朗將我們推向表達所不能表達的、重感受而非思考的道路，彷彿我們在敘事者和我們自己的意識之間，那道逐漸崩塌的分野界線中探索前行。

——莎拉·柯林斯《衛報》

《集合體》熟練地道出在面對無數結構性壓迫下，組建自我的困難。娜塔夏·布朗諷刺地看待沒落的貴族、金融內部人士以及沾沾自喜的自由主義者，她採取了英文小說傳統的手法——壓抑的情感和短促的語法——並且抽乾懷舊情懷。剩下的就是艱難且真實的東西。

——威爾·哈里斯《混血超人》作者

《集合體》是一本無以倫比、每個字都帶著重量、每個細節都小心翼翼打磨的一本書……布朗冷酷且清澈地勾畫出英國文化如何也是「集合」的——當「唯一的表達工具就是此地的語言」，歷史即是被粉飾也幾乎不可能被對抗的。然而她緊握著如同武器這個語言，用毀滅性的優雅一次又一次地擊打著屬於她自己的印記。

——西沃恩·墨菲《時代雜誌》

緊湊、聰明並且令你難以忘懷。

——Goop（年度十二大好書）

驚呆我了。這是那種讓身為作家，會想要把筆放下／永遠闔上筆電的書，因為布朗已經把所有能寫的都寫了，而且寫的極美。

——塞西莉亞·拉貝斯 The Millions

這本小說以新穎、大膽的敘事手法同時帶來心碎和希望……布朗的書寫獨一無二——《集合體》來自一位閃耀新星，一部諷刺和爆炸性兼具的出道作。

——關道琳．史密斯 iNews

布朗的敘事直搗核心，透過簡潔明快的表現手法出乎眾人預料。這是敘事者的故事，她拔除傳統手法及形式，以她自己的方式述說。看見一個主角——就如穆里兒．斯帕克的《駕駛座》——選擇退出並找尋自己的路，真是令人興奮。

——《蘇格蘭人》

這本強而有力的短篇小說表明，如果帝國主義的歷史暴力仍然是禁忌，那麼幾乎不可能對種族做出有意義的討論。

——安東尼．康明斯《每日郵報》

蓄勢待發的一道衝擊波……偶然你遇見一本如此壓縮但強烈的短篇小說，不禁讓你思考為什麼我們還要讀長篇的敘事……《集合體》真是令其他作品蒙上了陰影。

——桑傑．西帕希馬拉尼 MoneyControl

精煉敘事和無懼表達的驚人成就。

——出版商週刊（星等書評）

讓你訝於這是作者首部作品的驚人成就。一百多頁可能不多，但布朗在每個句子當中承載了非常多評論和洞察，你依然會覺得你得到的比你所花的錢多上許多。

——史考特．紐邁爾 Shondaland

在這嚴厲控訴白人至上主義所鞏固的辦公室環境之中，娜塔夏．布朗向我們展現了英國黑人女性所遭遇的多重捆縛。在這個時常要求黑人女性放棄部分自我，以利系統重新塑造她們的社會中，如何會有完整性呢？我很少讀到那麼明確且發自內心對抗當代社會中不正義的作品。這是這位我希望我們能持續看見的作者一部非常重要的作品。

——卡約．金戈尼《血的疾病》作者

這本令人驚奇的小說嘗試以最精確、最詩意的散文，從一個既複雜又具說服力的女性視角談論英國現在唯一需要談論的事。刺激的形式、極為有趣的政治書寫、不間斷地引人入勝……我絕不會忘記閱讀這本書時身處的地點和在一開頭感受到的情感——而在結尾它帶你看見一個投影放映機，播放一段充滿恐懼和抗爭意志的不凡生命。太傑出了。

——莎賓娜．馬赫福茲《你可能如何認識我的》作者小說《集合體》簡直可以與亞買加·金家德的非虛構傑作《小地方》並列成對，《小地方》以安提瓜島的故事顯現它如何剖析英國帝國主義和殖民歷史，而布朗將那熱切、縝密的凝視轉向回英國不那麼討喜的綠地，用她穩健如外科醫師的手刨除它的道德贅塊、拉開掩蔽文明真相的布簾。這本書就像一把磨利的手術刀——散發出對短文小說而言，嶄新且令人激動的一道曙光。

——伊蓮·卡斯蒂略《非核心美國》作者

布朗用機敏和詩人般的洞見書寫了一個極具穿透力的警世故事。它描寫為了融入一個拒絕承認其殖民歷史的社會所要付出的代價。

——陳瑪莉珍《箭》作者

巧妙、不可或缺且具詩意，《集合體》緊握（英國黑人）的身份認同，不斷檢視它直至它同時變得更真實且怪異——這本書相較於解答更像是疑問。我點頭讚嘆，同時也嘆了口氣（還有露出會心的苦笑）。

——瑞秋·朗《我親愛的獅子們》作者

完全就如同大家所說的一般精彩。它像一根針直接刺進當代英國逐漸硬化的心臟。這本書是一個美麗的證明：你不必寫一本長的書，而只需寫出好的書。

——蕾貝卡·托馬斯《陌生人》作者

大膽、優雅，且因為它的簡短而更強大，《集合體》刻畫了一位順服和共謀資本主義制度的英國黑人女性，在國家霸權的壓力下做出改變生活的決定時，所經歷的令人難受的失重狀態。

——保羅·曼德斯《彩虹牛奶》作者

《集合體》太精彩了。娜塔夏·布朗能在最微小、最反映真實情況的各種細節以及歷史的堆積之中穿梭、能夠集合這麼多時空中如此多的生命經驗，優雅得令人讚嘆並且傳達了冷酷的真實。

——奧利維亞·蘇吉克《庇護之路》作者

來自一位極具天賦的新作家，一本簡短但充滿力量的小說。

——The Bookseller 編輯精選

ASSEMBLY

集合體

娜塔夏・布朗——著
葉佳怡——譯

還可以

你得停止這樣做了，她說。

停止什麼，他說，我們什麼都沒在做啊。她想糾正他。根本沒有所謂的「我們」。這裡他是主詞而她是受詞，但他只是跟她說唉呀聽我說，實在沒必要為了微不足道的事大驚小怪。

・

她常坐在女生廁所的最後一個隔間內瞪著門發呆。有些時候，她會把午餐時間全耗在那裡，等著大便或哭或終於鼓起勇氣走回她的座位。

他可以從他的辦公室看見坐在座位上的她，他會定期撥通她的分機以針對眼前所見做出評論（以及他個人的理解），其中包括她的頭髮（狂野）、她的膚色（異國風情），還有她的上衣（幾乎裝不住她的乳房）。

他會透過電話指示她去做些小事。這些小事比隨之而來的那些大事還令她感到羞辱。然而她還是依照指示高舉起釘書機、一次喝完一整杯水，或者將正在嚼的口香糖吐進手中。

・

她之前跟同事一起去吃午餐。他們是年紀、身形和性格各自不同的六名男子。他們點了四盤牛肉握壽司，在用餐期間，他們偶爾會透過曖昧影射和帶有指控性質的觀察暗示地談起她的處境。

其中有名男子年紀較大，他身形肥胖，粉紅色嘴唇周遭留著灰白鬍鬚，他放下叉子打算直言不諱。他緩緩地開口：他知道她不是那種會占人便宜的人，他很清楚，他真的清楚。接著，他為了戲劇效果短暫沉默了一下，享受著對一個女孩子說明世間真理的興奮感受。但是——但是話說回來，她也得承認，她比他還有餐桌邊的其他人有機會拿到更多好處。她可以承認這點吧？可以吧？

他露出一個大大的微笑，雙臂張開後往後靠。另外五人盯著她，有些人點點頭。他重新拿起叉子，把更多生肉掃進嘴裡。

・

他的辦公室三面都是玻璃。一排排座位往右邊及左邊延伸出去，就像是旁聽席。她佔據的是正中央位置。他坐在那裡對她講話的模樣，每次看起來都生氣勃勃。

他希望她能再成熟一點，他說，再心懷感激一點。他一邊說一邊從座位上站起身，走向她，儘管辦公室很大而他有很多空間可走，他還是擦過了她身邊。她應該以大局為重，想想未來，也想想他的意見在此地擁有的份量。他一邊打開辦公室的門一邊這麼說。

・

這沒什麼。她現在這麼想，她每天早上也這麼想。她扣起襯衫釦子時這麼想，然後把小小的釘式耳環穿進耳垂。她把髮絲往後紮成整齊髮髻時這麼想，此時她的臉因為這個髮髻毫無遮蔽。她用手把硬挺的灰色鉛筆裙往下順平。

她吃飯時這麼想，就算是食不知味或食不下嚥時也這麼想。她嘗試咀嚼。這沒什麼。她大吼著說她沒事，然後軟化下來，環視客廳。她問母親今天過得如何。

・

工作之後一起晚餐，她同意了。餐廳外，兩人進去前，他抓住她的肩膀，將張開的嘴挨近她的臉。

她望著他的緊閉的眼皮在顫抖，舌頭緩慢推擠進來戳弄她的舌頭。她腦中出現自己身體的的畫面，四肢收折起來，整個人被收進了一個箱子裡。他往後退一步，微笑，輕笑出聲，往下望向她。他輕撫她的手臂，然後是她的手指，然後是她的臉。還可以，他對她說。還可以、還可以。

態度就是那樣

不，但原本是來自那裡。就像妳爸媽一樣，他們也是來自那裡。非洲？對吧？

事情是這樣的。我已經來這五年了。我太太啊——七、八年了。我們都有在工作，我們都有繳稅。我們在世界盃時為英格蘭隊加油喝采！所以政府要我們登記，要我們下載這個應用程式還要付費登記，真讓人心痛。這就是我們的家，我們卻覺得不受歡迎。感覺就像是他們對你說：滾回非洲去吧。想像要是他們這樣說，妳會有什麼感覺：不是唷，妳不算真正的英國人，滾回非洲吧。

他們的態度就是那樣。

我是說——哎呀，妳懂。妳當然懂，妳會懂。英格蘭人不可能跟妳一樣懂。

餐前酒之後，他開始了

她懂一個男人透過他的肉體骨頭血液皮膚明白他注定要統御著這名擁有日不落命運的偉大、笨重巨人的感受。

然而因為是夜晚，此時此刻，而且他醉了。他感覺自己非常渺小，或許小到只剩一張嘴，或甚至是一片嘴唇、一顆牙齒，又或者是乾白舌頭上的一顆粗糙、發炎的肉芽。那片舌頭下方靠近喉頭處因痰而黏滑。那樣的喉頭屬於一個肚腹鬆垂且平頭髮線後退的男人。

因此，當那張嘴打開從喉頭對她噴出尖酸刻薄的評論，讓餐桌邊有些人稍微不自在之際，儘管她是這份怒氣針對的目標，她仍可以懂那份怒氣的源頭。她在等手機震動的聲響讓自己有理由離開現場，並且——在此同時——靜默地、有禮地，她懂他。

集合體

她說的是個故事，其中充滿挑戰，而且必須付出辛勞。妳們得綁緊鞋帶、捲起袖子，不停強迫自己前進。妳們得振作、克服、超越，諸如此類的。妳們都聽過這種故事。這不是我的人生，但被明亮地投影在我身後，畫面有兩公尺高，而我正對著那些柔軟又具有可塑性的臉龐訴說這個故事，在一無所知的肩膀上方，那些臉龐急切地往前方傾斜。我把那些老台詞當作全新的祕密一樣頌唸出來。我按出下一張投影片。許多身穿灰色套裝的巨大微笑臉龐出現，而且背景多元，他們在我身後指著圖表、彼此握手，或者揮手。投影機的畫面旋轉，他們的微笑幻化為這間銀行的獅吼商標。差不多該結束了。我抬眼望向四周一排排坐好的女學生，感謝她們的聆聽，然後接受提問。

有個女學生問我是不是住在別墅裡。

活動大成功，主辦者這樣告訴我，那位滿頭疲憊齊耳灰白短髮的導師也點點頭。她緊繃的嘴唇微張，一瞬間露出沾上咖啡黃漬的的牙齒。我們正沿著後方小樓梯一路旋轉往下走，因為溫暖的空氣感到有點窒息，就是那種水煮蔬菜的校園氣味。導師感謝我來，說女孩子們深受鼓舞。此時尖叫、笑鬧，還有如同音樂曲調的喧嘩聊天聲在我們身邊迴盪，學生們從大集會堂湧出後再湧入不同廊道。真是鼓舞人心啊，她說。

回到辦公室，盧還沒進公司。他很少在十一點前出現。他的情況就像是每天早上有個全新的似人非人從大海破水而出，黏答答地跨越覆滿苔癬的岩石和沙地，身上長出躁動附肢，然後這些附肢延長、變形、扭曲成為四肢，在內陸定形，最後終於長成了完全型態，於是出現了盧！他用穿著閃亮鞋子的扁平雙足走進大廳。他的雙腳閃閃發亮、不停踏出聲響，正在等待抵達我們這層樓的電梯，同時隨著耳中Beats耳機傳來的節奏點頭。從來不會有人找他來做這種事，負責去做這些演講總是我——各種學校和大學、女性研討會，還有就業博覽會——而且每隔幾週就得去。我這份工作的內容就是這樣。多元性必須被大家看見。我騙過多少女人和女孩了？有多少人見過我咧嘴笑著為這間或那間公司背書？又或者是這個產業？那間大學？這個人生？這些問題都沒有建設性。
我得趕快補上今天早上沒做到的幾小時工作。

我的大半童年都住在一座墓園旁邊。透過前窗，我能看見葬禮隊伍沿著道路蜿蜒前行：黑色的馬匹後面跟著黑色靈車後面再跟著各種不同顏色的一般車輛。有時會有個頭戴高帽手拿拐杖的男人走在最前面。然後是其他人：他們從車子和靈車下來後聚集在一起，手上拿著花圈、拿著帽子。另外也有人抬著棺材，我猜，我不記得有親眼看見。他們會聚集在墓穴剛挖出來的新土堆旁，眾多花圈整齊堆在他們身邊，又或者他們只是手拿花朵站著，又或者有人擁抱彼此。這些遙遠的小小的生物啊，為了尋求安慰依附在一起。我從高處望著他們。

去年在一個新興區域，我買了一棟喬治亞風格建築的頂樓。建築內的另外兩間公寓租客是兩對個性焦慮的年輕伴侶。他們每晚都因為音樂的音量起爭執，緊繃的情勢不停升級。

租下一樓那對的名字是誰也沒想到可能有的組合：亞當和夏娃。在樓梯間相遇時，夏娃先介紹了自己是亞當的女友，當時她把額頭上的一縷縷金色髮絲往後撥，並告訴我她在出版業工作。每當音樂太大聲時，她會去敲樓上公寓的門，懇求他們拜託小聲一點，就一點。她足以切開玻璃的惱怒語氣彷彿能讓碎玻璃直接射入我住的這層樓。

另一對情侶比較陰沉而且不跟人來往。她們很少說話，但我聽過她們隨著九〇年代的舞曲熱情嚎叫。她們都長得很好看，是兩名黑頭髮的白人女子，腳很小。每到星期四早上，她們的門外會晾著兩雙看起來又小、又泥濘的足球鞋。

我們共同層疊生活的熟悉節奏已形成一種親暱。

工作時只要想起那間公寓，我心中湧現的感受就像家長在辦公桌面看見裱框後立在紙張、杯子間的孩子扁平笑容時一定會有的那種心力交瘁。我的朋友小瑞——嬌小、受寵又活力充沛——揮別了自己位於西倫敦郊區林葉茂盛的家，說想追求一間更大的房子、更好的男友，還有更多錢！她這些全都要，而且要得沒有一絲羞恥或掩飾，我對她的胃口感到可怕又敬佩。我自己沒有這種胃口了。我已經往下沉得太深，四肢還正在被蔓延著、捲繞著的緊繃感受更進一步往下扯。不過，我仍然維持住了我的呼吸。

還剩什麼呢？

還剩下世世代代的犧牲，還剩下努力的工作和必須更努力的生活。如此多的苦難、如此多的損失，如此多啊——全為了妳有的這次機會。為了妳的人生。而我已經嘗試過了，嘗試活得不愧對這一切。但在多年的掙扎和逆流奮鬥之後，我已經準備好慢下自己划水的雙臂、停止踢腿，任由自己把水從鼻子吸入體內。我累壞了。或許是該結束這個故事的時候了。

啊——盧來了。

對話

昨天是我去的第三次，我坐在私人腫瘤醫師位於哈利街的辦公室內的明亮接待區，心中有一種疏離感——不是想像出來的，不是，那是種具體的物理現象。有個存在於體內的事物遭到拔除。有部分自我跟外界經驗斷開了連結。

我挺喜歡去那裡。那些接待人員——年輕、漂亮，就算彼此替換也毫無差別——全都很有禮貌，總是如此。他們接待我的方式就彷彿我是來做按摩水療。那天擺出的花是巨大百合，花瓣之間縫隙分明，莖枝粗壯。雄蕊已用外科手術的精準手法摘除，只留髒汙的紅色花粉沾在白色瓣片上，妳無法不看見歐姬芙畫作的影子。現場有兩個人在，我們等著。那畫面就像 Outlook 一樣，特地描繪出時間不疾不徐經過的篤定氛圍。我坐在窗邊那張植絨的奧圖曼長凳上，眼神往窗外下方的街道看。

我母親總是在電話上跟我談起最近死去的人，總是要我想起某人或某事。噢，我當然記得她——記得她以前會跟姪女一起來拜訪（甜美的女孩，妳們以前是朋友）。對、對，就是她。嗯，她上週死了。可不是嗎？太恐怖了。我不確定她的這種對話習慣為何總是讓我如此困擾。那種對話不是在討論八卦，也沒有惡意。事實上，這類訊息之所以頻繁出現的的背後驅動力，似乎是沒有說出口的失落。那份失落提供了周詳無疑的證據，證明了無論將所有人連結成第一人稱「我們」的事物究竟為何，我們都無法倖存下來。我後來認定最讓我不滿的主要是她的對話形式，她採用的對話組織及關鍵結尾句形成了一種特定結構，總是先讓我想起認識的一個人，還有跟對方、那個生命有關的回憶，然後再揭示死亡。這類對話會在我的腹部神經叢引起雲霄飛車一般的踉蹌效應，再考量我因為公司健保條款而享有的荒謬奢華美學，我也會因此升起自己竟然對這類對話麻痺無感的一絲內疚。我的公司健保能讓我進行維繫生命的各種篩檢、預先檢驗，以及迅速即時的追蹤治療。我知道我們這些剩下來的倖存孩子之間的連結更微弱了。除了身為英國人之外，沒有共同的鄉村或文化將我們連結在一起（而所謂「英國人」的身份，也只能靠我們母親在電話上詳盡描述死亡緣由的那些人的根源，再透過連字號或括弧來進行這樣的補充性宣稱）。那種留存連結的方式就跟迷因能夠留存的方式一樣，全靠世代之間的努力不懈，其中毫無意義或回憶可言。

我跟男友說我沒事。我沒事。他不需要陪我。但他堅持我們至少下班後找個地方喝一杯。為了提振精神出去走走。好吧。這個傍晚算是很不錯，氣溫以九月而言一反這個季節的溫暖。我們在一間靠近黑衣修士車站的老酒吧外的草地上喝啤酒。然後我告訴他，一切都沒事，沒事。假警報而已。假的話語可以感覺起來很真實。他輕易被我說服，因為早已習慣幸福快樂的結局和無痛的解決方式。沒什麼好擔心的，我們用手上的酒瓶頸敲擊乾杯。

「我知道我一直表現得很疏遠，」他說，「變得很不對勁。」

我望著我的腿，那雙腿在傍晚陽光下是閃耀的棕色。我們的話題從切片檢查談到醫療會診，之後他又因為真正放下心而聊起了工作；那些他從外圍介入白廳[1]的重要大事。

「我不覺得我最近是個好伴侶，」他說。

就在上個週末，他睡覺時頭緊貼住我的胸口，身體像胎兒蜷縮著。週一早上，他用雙臂緊緊環抱住我，我必須在床上多待一陣子，不停輕撫他的髮絲，最後實在是得去上班了才下床。

「有時候我就是——」他沒講下去，只是開始摳啤酒瓶上的標籤。標籤因為凝結的水珠顯得又濕又軟，他一次撕下一小片，用大拇指和其他手指揉成小球，再把一顆顆黏答答的小球彈進草地。我們一開始約會時，他會活力四射地對餐廳侍者總管亮出他的名字。不知道那部分的自我意識是否已遭到拔除，又或者他的自我只是一件可以隨時穿上又脫下的晚宴夾克。他頭往後仰，大口灌入瓶中啤酒，喉結隨吞嚥動作起伏，我想像冰涼的啤酒流過他的喉嚨、沿著胸口的曲線往下，沖入他的肚腹。

我們是大學時認識的，他喜歡這樣說，但其實我當時根本不怎麼認識他。我入學時他已經讀了三年。我不記得跟他說過話，只是透過學生運動認得他的長相和名字。不，他是在之後那幾年才注意到我，那段時間的我們偶爾會在重疊的社交圈活動中有所交集。我個人的社交資本自從學生時代以來已有所增長——增幅極度微小、難以估量。儘管累積的財富相較他人來說不算太多，但也已經改變了我。無論是我的風格、我的行事癖性，還有我稍嫌矯揉造作的城市口音都深深吸引著他。他能看出我正在建構出什麼樣貌。他感覺自己有機會。他詳細讀過小華倫．威廉變身為比爾．白思豪[2]的一切經歷。

明明是刻意卻假裝成意外，他在一場斯特普尼改裝倉庫的屋頂烤肉會中撞見了我。我們從梅森玻璃罐中啜飲水果風味的溫熱皮姆調酒時，他展現出了休．葛蘭式的魅力。彷彿沉浸於憂傷的金絲雀碼頭在他身後閃爍光芒，無比美麗。他看起來太刻意了，在當時，彷彿將自己變成一種卡漫人物。在接下來

1 白廳（Whitehall）是英國倫敦西敏市內的一條大道，自特拉法加廣場向南延伸至國會廣場。白廳是英國政府中樞的所在地，包括英國國防部、皇家騎兵衛隊閱兵場和英國內閣辦公室在內的諸多部門均坐落於此，因此「白廳」一詞亦為英國中央政府的代名詞。

2 比爾．白思豪（Bill de Blasio）是美國民主黨政治人物，曾任紐約市長，他的本名是小華倫．威廉（Warren Wilhelm, Jr.），後來改從母姓後也跟著改名。他是一位有非裔美籍妻子的白人政治家。

的幾個月和幾年之間，我開始能欣賞他個性中機靈活潑的特質。我望著他和親密友人推擠、胡鬧，辯論一些浮誇的想法，使用的都是些更浮誇的字句和專屬小圈子內的殘酷幽默感。他們無情地彼此訕笑，還因此得意大笑：彎腰猛打膝蓋，表現出一種幾乎像是諧謔模仿秀的歡樂氣氛。聚會結束後，在計程車的後座，他和司機打招呼時會直呼名字，態度老練地從閒聊引導對方講出深埋心底的人生故事。他會仔細詢問故事的後續發展，過程中絕不插嘴。他很有禮貌，沒錯，但不沉悶。他會把語調放軟，誠懇地說，「晚安，老兄，」而且在爬出車外前，還會雙手緊握住對方的手道別。

「今天這樣真不錯，」他最後似笑非笑地這麼說。確實如此。明天感覺更遠了。不過即將跟他父母一起度過的下週末仍步步進逼，他們打算在鄉下的家族別墅慶祝結婚紀念日。本來我就算無法悠哉面對，至少也該對此愉快地感到興奮，但最後只明確覺得那是生命中必須面對的嚴峻現實。我點點頭，他轉頭面向那些排列在行人穿越道上的車陣。

「我一直——我是說我的前任，」他沉默了一下，然後又開口。「我的前任一直在傳訊息給我。她養了一隻小狗。」

一隻小狗？我重複他的話，咀嚼這句話的每個音節。他的前任也會去結婚紀念派對，我知道，她是他的兒時玩伴，是重要的家族友人，他母親之前就是這麼說的。他們一起長大，一起在英格蘭的鄉間嬉鬧，就像柯林和瑪莉·倫諾克斯[3]那對青梅竹馬。我看著他蹲在草地上，臉頰和水汪汪的雙眼扭曲成幾乎是堅忍不拔的表情——我感到一陣好奇，我想搞清楚。

「算了，」他說。「我不該提起小狗的事。」

我們的第二瓶酒都空了。背景的閒聊聲已膨脹成偶爾刺耳響起的喧鬧、喧鬧、喧鬧而形成的一整片嗡鳴。我要求看小狗的照片，如果他有照片的話。他放下酒瓶，盯著我看了一陣子。

「別管小狗的事了，」他說。

3《祕密花園》（The Secret Garden）是經典的英格蘭童書，書中的柯林和瑪莉·倫諾克斯是親戚，也都是從小在有錢人家過得驕縱卻缺乏關愛的孩子。

我們搭乘區域線地鐵回到普特尼。正落下的太陽在立著煙囪的屋頂後方悶燒著。我們從車站沿著安靜的街道回到他家。睡前閱讀時，他眼神從Kindle閱讀器移向身旁的我，對我微笑。等他睡著後，我望著他的胸口陷下又隆起，聽著他偶爾響起的嘶嘶打呼聲。他已經把原本蓋住的薄被子甩開，身體用天使般的姿勢仰躺著：左腳搭在右膝上，彎曲的右臂圍繞住頭，手指軟軟的在枕頭上攤開，粉紅色陰莖靠在大腿上。重力讓他的額頭和雙頰拉得光滑，我能認出他駕照照片上那張一臉不高興的孩子氣臉龐。

比起獨自入睡，我更寧可跟這樣的人一起嗎？

我的鄰居都過著跟另一半緊密交纏的生活。他們先是割裂和各自家長的關係，再共同支付帳單、食物費用和房租。我無法想像他們輕易分開。我們沒有背負這種共同生活的義務，但還是會一起上畫廊、看戲、參加派對、舉行派對、旅行，煮飯。我們會說我們。這似乎是生活的一個必要面向，就跟工作一樣，或像是運動。

「原則是這樣，」小瑞之前告訴我。「性別歧視下地獄吧——要想辦法駕馭這種歧視！」

她已經跟我們公司的全球部門主管約會了一陣子，並堅稱這是在使用她的特權：顛覆並重新奪回職場騷擾的敘事。他們開始對這段關係認真了，從形式上的行禮如儀轉化為幾乎可說是平庸的真摯情感。這種情感比我的關係更簡單也更複雜。

我們坐在夾層樓面咖啡角落的固定桌位，這裡可以俯瞰公司大廳。小瑞的指甲一如往常是修整得很漂亮的桃粉色，她的指尖輕敲裝著杏仁拿鐵的杯子。去年她的父親從癌症中康復，我的祖母因癌症而過世，而我們就在這段期間從同事成為朋友。她住在倫敦城區的外圍地帶，熱愛凱特王妃，平日會買百年品牌「耶格」的服飾，還是個會在週末組織慈善募款餐會的「挺進」女性主義者[4]，偶爾也會在文創藝品平台 Etsy 上買手工耳環。她有次哭著從愛馬仕的店裡打電話給我。全都太美了啦，她一邊啜泣一邊音節分明地告訴我，當時店員正在

4 臉書營運長雪柔．桑柏格（Sheryl Sandberg）在二〇一三年出版了《挺身而進：女人、工作和領導的意志》（Lean In: Women, Work and the Will to Lead），當時她針對女性在職場上的處境提出了許多看法，因此引發了支持者和反對者的論戰。反對者認為她的建議看似在為女性說話，其實卻非常傳統反動；支持她的一方則被簡稱為「挺進」女性主義者。

打包她的圍巾。

「成為受害者是一種選擇，」小瑞說。這話一半是她的看法，一半是格言警句。她堅持人要能夠持續提升，要能進化、學習、成長，並且不惜任何代價地去打爛所有帶來限制的天花板。她說每天都會有新的受害者。我的執行董事不就因為亂搞法務部的實習生而被裁掉了嗎？她對這種魯莽又愚蠢的傲慢行為猛搖頭。我們的對話最後總是不免談到這類話題。

不過小瑞還是理解這地方難以生存的殘酷本質，甚至可說總是津津有味地欣賞著。因為如此，無論是喝咖啡的休息時間、一起去喝一杯時，還有吃早午餐時，這類對話總是持續著。我們很親密，我們是朋友。我們談論時用的是後現代的真摯情感：摯友情感。我們會列出清單，審視我們的五年計畫，想辦法去消滅那顆活該被執行死刑的如同烙上燒烤紋路的肥肚子。我的自我擁有一個非常根本純粹的面向——其中毫無故事可言、一點也不抽象，就是簡單直接，只有醜惡的機件構造在我的所有成就背後運轉著。只有跟小瑞在一起時，我才能意識到這個層面的存在。

「他們會提拔誰？妳覺得？我是指接手他的工作，」她往後靠回椅背，思考自己提出的問題，然後往我的方向丟出幾個名字，並在評估盧有多少機會時咯咯笑出聲。

「又或許他們會選個女的，」她說話時輪流伸出雙手，攤開，掌心向上。「一個女人受害，另一個女人獲得獎賞——聽起來很合理！」

她笑了，雙手輕輕彼此搓揉。儘管態度憤世嫉俗，我知道她的心情有受到影響。上班前做運動時，我看見她在我身旁的跑步機上跑步，她的速度很快，太快了，真的是氣喘吁吁。她用穿著 New Balance 球鞋的腳跟猛力踩踏履帶，彎曲的手肘前後瘋狂晃動，往前衝刺，就這麼衝刺到結束為止。結束時她突然跳起來雙腳張開，踩上颯颯滾動履帶兩側的塑膠邊台，身體癱倒在控制面板上。運動後我們一如往常地在更衣室外會合。此時的她已恢復鎮定，仍然潮濕的髮絲看起來是更為黝深的金色。我們爬樓梯走上夾層樓面的咖啡角落，身體仍因剛剛的運動而泛紅。

小瑞是為了什麼來此追求生涯發展呢？我知道自己是為了什麼。銀行業——我了解這行是怎麼回事，這行就是一台無情、效率良好的賺錢機器，副產品是帶來社會流動。我說真的，還有什麼行業可以提供我同樣的機會？我這行跟男友的政治圈不同，不需要事先擁有人脈或資金才能入門探索。金融業是唯一可行的向上流動管道。我願意為了一絲中產階級的舒適愜意折損一點人生，就為了換一個未來。我的家長和祖輩可沒這機會，我覺得自己實在不能浪費眼前的可能性。然而我無法接受自己對新世代的孩子傳播同樣的信念。這樣做是掩蓋了一切缺乏進展的真相——將他們的抱負塑造成毫無二致的順從形貌；將他們的自我塑造成心懷感激、勤勉奮力，而且又理解自我社會定位的勞工。這種勞工知道所有往上爬的嘗試都有其極限。

我寧可在演講時說些別的，說些更好的內容，但當然，沒有了藍籌公司的這種閃亮頭銜，我不可能有發言的平台。我在這個國家所說的話若有任何價值可言，都是源於跟國家機構的關係，包括大學、銀行和政府。我只能重複他們要我說的話，並希望藉此傳達出一定程度的真相，但或許我只是想將自己可悲的順從行為合理化，也就是合理化我說服孩子們也必須如此逆來順受的共謀角色。相對來說，沉默至少還一定是最無害的選擇。

小瑞已經在談下一個話題了。

「這個週末太重要了，」她告訴我。這個週末代表的是認真的、令人興奮的大事，她用鑽石戒指的繪文字為這項大事進行了摘要總結。我不確定我準備好面對任何所謂的大事。我知道這是人們想要的，是應該去爭取的，但我對去爭取、去忍受感到厭倦了。我對往上爬感到厭倦。

他的家長包容我，那就是善良的自由派家長該有的樣子。關於兒子的每段感情關係，他們都極有耐心。在他們的想像中，其實在我的想像中也是，這就只是他的一個人生階段，何必因為過度反對而害這段關係拖得更久呢？所以他們學會去適應。表面看來，他們願意擁抱這個結果——我。事實上他們還堅持，他不只一次對我說，他們堅持要我以家人的身份參加他們的結婚週年聚會。

我以前也跟他們見過面，這是當然，不過場面都比不上這個週末。之前見面是在倫敦，當時我們四人圍坐在餐桌旁。我們可以相處的上限大約是兩、三小時。談話內容總是輕快、令人愉悅。他們真的知道如何讓場面愉快。他們知道如何開啟話題、提問、聆聽，以及對話。他們有一種能讓場面變得盛大隆重的神奇能力，尤其是那位父親，他能精準調度字詞，就彷彿擺弄一個實際存在的工具，就像那是把手術刀，或是羽毛筆。

幾個月之前，我們圍坐在一張燈光昏暗的餐桌邊，那是間在畫廊樓下的無窗餐廳，我望著那位父親從被葡萄酒染紅的唇間吐出各種字句（他們和一名侍酒師進行了顯然非常愉快、熱烈的討論之後，這支酒從眾多種類的葡萄酒中脫穎而出）。他舉起了他的羽毛筆將我拉入了他們的世界。就在書寫了那個夜晚的頁面上，我參與其中，我屬於這個世界。不過那又是一種保持距離的親暱。儘管態度真誠，但除了給予特定反應之外，他其實缺乏持續或承擔這段關係的意願。他每次都會用不同方式問我同樣問題，並表現出同樣會延伸到餐廳侍者身上那種散發寵溺意味的興致盎然。

那位母親的曖昧態度則比較傳統。有一次她用非常詭異而拗口的方式介紹我，「我們家最小那位最近交的女性朋友。」之後還對提問的熟人露出一個你知我知的微笑。不過我還是能懂她。我覺得可以看穿她的雙眼：那當中有對兒子的鍾愛，那是當然。不過話說回來，她也鍾愛自己出生的家庭，還有她嫁入的家族。她鍾愛著這個家族的未來、孩子和純潔——絕不容許其中出現任何魯莽愚蠢的元素，還有跨種族的元素，都不行。當然不行。這個家族的血脈必須保持純潔，這段歷史啊，還有其中累積共享的文化道德觀及美學感性。他們必須保有一種生活方式、一種階級，一種勢必要在社會中佔據高位的階層。她兒子個人的發展受阻（更何況，如果這段關係不只是愚蠢的兒戲，那又還能是什麼呢？）不該毀掉家族名聲。

得知父親那方擁有的各種頭銜和繼承而來的遺產並不讓我驚訝。至於母親透過敵意所掩藏的某種缺乏安全感，我則是幾乎能夠感同身受。

早上，我望著他們的兒子坐在床緣，將一顆外表裹糖的藥片從泡殼包裝中擠出。他往下盯著手上那枚小白點，最後終於毫無必要地表現出下定決心的模樣，把頭往後仰、手掌蓋住嘴巴，直到藥片完全吞下。西酞普蘭藥片，五毫克。每天一錠或依照你的醫生指示服用。他把身體往前傾，滿臉發紅，把泡殼包裝往旁邊丟，用床邊桌上的玻璃杯大口喝水。然後他望向我，一臉期待，就彷彿剛吃完了盤子上的花椰菜。房間另一頭的我此時正在固定頭髮。我們形成了一個完美畫面。陽光從眾多紗窗中切入。他的房間明亮、簡樸，而他小小的身形就坐在這個畫面邊緣，腳邊地上擺著一只胖嘟嘟的行李箱。我咯咯笑出聲，他也對我微笑，但那是遲疑的微笑。我走向他，用左手包覆住他的下巴，右手把他髮際邊緣的細軟髮絲往後撥。該出發了。

他拎起行李箱，放進後車廂。天氣寒冷，早晨的陽光無情地照亮了我們，空氣聞起來很潮濕，不過他看起來意氣飛揚，再次顯得活力充沛。由於來到戶外，他的體內更是充塞著即將驅車前往鄉間、他的家庭，以及他家的急切盼望，一切就等在他的前方啊。在我離開前，他把雙手搭上我的腰際，靠過來向我索吻。

「我可以把妳偷偷帶走嗎？有可能嗎？」他說話時雙眼在微笑。

我確實有點想跟他一起上車後驅車離開。這樣我就不用經歷眼前必須面對的既緊繃又不快樂的一天，還有塞滿行程表的狗屁會議、玻璃懸崖[5]邊緣，以及對孩子們說謊的工作。但表現得這樣莽撞、衝動行事、就跟他一樣……不。雖然已經開始意識到工作的各種侷限，我仍打算堅持自己活出的人生。我必須繼續前進。於是動作輕緩地、溫柔地，我把他的手臂移開，重新站到他的旁邊。

我跟他今晚見。

5 所謂的玻璃懸崖（glass cliff）是跟玻璃天花板（glass ceiling）相對的概念。玻璃天花板指的是相對於男性，女性更容易在升遷時遇到瓶頸，玻璃懸崖指的則是在公司遇到危機時，女性更容易被推出去收拾這個可能失敗的殘局。

公司內部策略

我們會在公司內部現場重新審視最新數據、整體環境趨勢，推動那些趨勢的關鍵力量，另外如果可以的話——足以造就那些關鍵力量的手段。我坐著，右腳踝搭在左腳踝上，膝蓋併攏，肩膀往後撐開，手臂平放桌上，雙手保持柔軟。蓄勢待發。開口時，我透過從容步調及平穩語氣直指重點，發言有理有據，還搭配投影片詳細說明。

下午過了一半後是短暫的休息時間。男人起身伸展身體，在整個空間內隨處晃蕩。空氣因為汗水、對話和三明治而顯得黏滯。有個男人指向濃縮咖啡機，說他不知道這部機器怎麼用：按鈕是哪個？咖啡壺該放哪？接待員何時回來？其他人附議，他們也不知該怎麼做。他們問我，或許我會知道。

這樣啊。

我替他們做好咖啡。還替有需要的人加上打好的奶泡。那些男人鬆了一口氣，他們說哎呀，謝謝妳。

謝謝妳。

之後我在小辦公室等梅里克。那是個用玻璃跟開放辦公區隔開的區域，四周全是玻璃。這些玻璃具有隔絕及分區的效果，並不透明，不過盧還是想辦法看見了我。他先看見專案管理員在我回座位的路上攔住我，再從眾多電腦螢幕的上方望著我走過整個樓層，進入前任常務董事之前使用的辦公室，就連此刻他也正盯著我，而且因為惡名昭彰的好管閒事個性而繃直了脖子。我把我的物品——筆記型電腦、筆和錢包——放在辦公桌上後坐下。

就讓盧去看吧。

但那份情緒還是存在。恐懼。每天都有可能搞砸。每個決定、每次會面、每場報告。工作沒有成功可言，只可能暫時逃開失敗。恐懼。從我的鬧鐘叮噹響起開始直到終於上床睡覺為止。恐懼。這種情緒冷冰冰的壓在我的肚子裡，往上沿著食道盤旋延伸，攫住我的喉頭。恐懼。我躺在沙發或床上伸展身體，或者就是懶散地仰躺在地上。恐懼。我會重覆思考當天的細節，仔細確認其中是否有犯錯或失誤——什麼都好。恐懼、恐懼、恐懼、恐懼。任何細節都有可能搞砸一切。我很清楚。這樣的嚴酷現實在我胸口迴盪，形成一條強烈重擊的低音線。恐懼、恐懼，我快要因恐懼而窒息。恐懼。我不記得自己有過不恐懼的時候。

噢，妳在這裡。很好。

梅里克的臉顯得很大，表情散發出過份熱烈的美式溫情及不誠懇。視訊會議的螢幕重新對焦，鏡頭移動，照出一個坐在他身旁的女性。

很好。梅里克又說了一次。

那名女性沒有微笑。

我認識這個女人。我的同事都稱她是「那個女人」。他們說他們知道那個女人是怎麼樣拿到那份工作的。他們還說過更糟糕的話。她是他們時常最愛討論的話題。這個成功的女人。這個總是受到圍剿且無時無刻在備戰的女人。誰都會來踢她一腳，誰都嘲笑她。無論如何，現在的她支持著其他女人。她是女性相關巡迴活動的固定講者，目前顯然帶領了十四名學員。而現在她和梅里克一起出席。她把背往後靠，雙臂交叉在胸前，面無表情地俯瞰著我。

哎呀，該死。難道我不是個女人嗎？

梅里克還沒正式進入主題。他焦躁地說著噢嗯對哎呀。他把雙手手掌平擺在桌面，他說哎呀，然後又往後靠，調整了一下眼鏡。啊，對。他的眼神從那個女人移到我身上。

不愉快的一切都已經過去了，他最後終於說。我們想讓一切過去，重新開始，往新方向前進。

他努力擠出柔和的微笑。

那女人說得簡潔明瞭，他們現在追求多元性。

梅里克煞有其事地點點頭，模樣很荒謬。

沒錯，他說。確實！就是這樣。他敲打桌面。這就是他此刻找我談話的原因。盧已經接受了。

他們繼續說：

加入領導階層，梅里克說。

這是個大好機會，那個女人說。

我非常幸運，他們兩人都同意。

這層樓塞滿一排排穿西裝的男人，他們用不是很順暢的節奏自行運作著，即便好幾週沒接到來自玻璃隔間的策略指示也一樣。這些男人笑著、呼吸著、三三兩兩聚在一起說話；他們或許聚在一台電腦螢幕邊，或許就是挺起胸膛站著，一邊指指點點些什麼。他們之中偶爾會出現一個女人，其中一些女人低垂著頭，鼻子幾乎埋進裝著食物的塑膠托盤內，吃著過早的晚餐或過晚的午餐。這層樓瀰漫著一股臭氣。好多男人在說話流汗打嗝咳嗽並存在——這些行動的結果全聚積在他們的袖子及袖子之間。那些乾燥、歷經滄桑的臉龐；那些柔軟、鬆垂的臉頰；那些油亮亮的額頭。脖子從還沒解開的領口硬擠出來。各種粉紅、米黃和棕褐色。一根根手指戳向鍵盤，還有多肉肥厚的的拳頭包覆住話筒。又或者他們雙手空空，一邊做出手勢一邊朝著細長的頭戴耳機說話，手上還不停丟接著一顆球或一枝筆。

難道就是這樣了嗎？我逐漸起飛的職涯就是這樣？

我的人生？

盧站起身，揮手。他正走過來，面帶微笑。

盧！

我的成長時期真是窮到不行，就是啊，是住在棚屋的那種天殺的窮，基本上來說是那樣，就在貝爾福德。所以我懂。我懂那種拖磨。這一切啊——我就跟妳一樣覺得是全新的世界。真的。而且我可以尊重，我尊重妳這個人，尊重妳的決心和努力。是真的。所以，聽著，當然我同意跟妳一起晉升。當然。這是妳應得的職位，跟我完全一樣是應得的。好嗎？好。要是有人不這麼說妳就別聽。幹，我好興奮，這就對了，我為我們興奮——夢幻團隊啊！好吧，嗯。只是想跟妳說這件事。總之是這樣。小夥子們正下樓準備很快地慶祝一下。

妳一起來嗎？

回到我的座位，我享受著罕見的靜謐時刻。盧和其他人在外面慶祝，我在這個空間內感受到一種不熟悉的平靜。有意思的是，我再次感謝起自己這個堅實存在的工作區域。我擁有的是角落的窗邊位置。盧的位子就在我對面。我們有無數人在這個空間共存，但隔開我們的只有一片兩英尺高且表面鋪了絨毛的隔板。我們現在會開始共同管理此處的每個團隊，這些人占據了一排排螢幕前方的座位。發出輕柔運轉嗡鳴的機器環繞著我。

這次的成功，這項成就：這就是我奮力爭取的一切。現在就抓在我手裡。我的手指緊緊攀住隱喻中讓女性發展受限的「天花板」衍樑。我有一張兩千美金的辦公室人體工學椅，一支藍芽頭戴式耳機斜倚在用來充電的光滑方塊底座上，閃爍著，那是種心滿意足的光芒。三個三十二吋的螢幕能夠以令人屏息的強度呈現出紅色及綠色。還有一疊公司名片，每張名片上都有我的名字和公司職稱——這也需要重印了——就印在厚重紙質上的銀行浮水印商標旁。

這就是我要的一切。

我有了我要的一切。

在環繞我的全景中，天空正在融化：許多的紅與橘融成了墨水藍及夜色。我從絕對會讓顏色失真且擁有抗紫外線塗裝的落地窗玻璃牆往外凝望。眼神越過許多摩天大樓，凝望入彼方朦朧的綠灰色地平線。我的手指失去了知覺，但臉頰熱燙、刺痛。我從個人工作區登出，收好我的手提袋，往電梯的方向走去。

我既然來到車站，就該

列車出發月台螢幕的標示非常隨興。一開始說是二之一月台，後來跳成二之二，之後又跳了回來。我在眾多螢幕中找到了我的車次。月台號碼透過少許橘色光粒朦朧呈現了出來。

所以我既然來到車站，就該去找出我的月台，搭上火車。那趟車程有四十分鐘。他會在另一頭跟我會合。他的 Mini 車就停在車站外，準備好載我走完剩下的旅程。

我不覺得我是能夠踏上旅程的狀態。我是來到了這裡，但沒帶沉重行李也沒穿舒適的鞋，身上穿的還是工作衣著，是直接從辦公室來的。我的短靴皮頂緊貼著熨燙過後的銳利褲邊，若隱若現。

還是明天早上再展開這趟旅程比較好吧。

但此刻我已在這裡。我至少該移動一下腳步。因為我呆站在這裡擋住了別人的路。我被趕路的人流來回推擠，這些遊手好閒的人們、家族出遊的人們，他們像小鴨子般一群群聚在一起。我擋在人流量最高的通道上。所以快點吧。抬起左腳往前邁開，快速往前衝刺，別慢下腳步，別停下來，別思考。一直移動就對了。

去搭上火車。

但我來到了這裡，

不動
站著，不動
在車站。

我真的該

21:04

倫敦派丁頓（PAD）

前往

紐伯里（NBY）

飲料推車停下來時，我買了另一瓶沒有特別品牌的迷你瓶裝紅酒。火車飛馳前行，出發後遠離倫敦，遠離我的辦公室。無論是田野和樹，還是灌木叢，經過骯髒的窗戶時都產生了視差扭曲。

我對這個週末沒有把握。當初聽說這件事情時感覺似乎會不錯，我甚至可能樂在其中。但當時距今好幾個月了，一切還很抽象。

但就在眼前了，此時此刻，我人也在這裡了。而這班火車——非常真實、非常具體，而且正在快速移動——正在把我們扯向彼此。

閉上妳的眼睛。

•

我記憶中的醫院都是巨大又令人暈頭轉向的骯髒所在。一排排病床間只有用薄薄的軌道簾隔開，所謂的隱私根本是笑話。小到可悲的共用水槽就裝在朝病房走廊開啟的窗戶下方，窗戶也只能透入微弱光芒。一組三張拴在一起的塑膠椅。晚間訪客時間；看見她在那裡；不是很舒服地躺著。一滴滴藥劑、一顆顆按鈕和一條條管線。床邊櫥櫃上有個鋪了廚房毛巾的盆子裡裝了葡萄。消毒劑的味道無法說服人，也無法抹消什麼。

但此時此刻，對我來說，這就是私人房間。鮮切花和濃縮咖啡。

．

認真一點，醫生費勁地強調。表示我必須認真看待這件事。

她的上衣是焦糖色。她的上衣質料是綢緞。那片綢緞往外滑順澎起，接著又往內縮，最後收束在寬長褲的腰線上方。我的眼神受到那件衣服下方的突起以及蕾絲邊緣痕跡吸引，那條痕跡成為標記出她胸部上緣的草寫M字。

妳有在聽嗎？她說。

糖漿般的光線充滿著她小小的問診間。我們就像懸在琥珀中心的昆蟲。她向我伸出一隻手，停住動作。我用一隻手覆蓋住另一隻手，放在大腿上。

我搖搖頭，嘗試拉開一個微笑。

抱歉，我說。我有在聽。

有些時候，我不管做什麼都不確定為什麼要這麼做。我為什麼要吸氣？我為什麼要道歉？又或者為什麼要說我很好，謝謝，你呢？為什麼我在月台邊緣時要往後站？

這些並不是多麼世故或聰慧的提問。但當然有些時候，我答不出來。我記不得正確的答案。

‧

在利物浦街等中央線時，我曾見過一個男人的黑莓機從手中滑落、掉下去，畫面滑稽，那支黑莓機就這樣落入軌道中。他呆站了一陣子，表情一片空白，像個即將暴怒的幼兒。接著就是爆發——熱燙的髒話不停湧出。他整張臉泛紅，肩背包翻開，西裝外套激烈起伏飄動，就彷彿他是隻不會飛的鳥正猛力拍打著雙臂。他從月台邊緣往下望，探出身體、看著、往軌道深處望。他考慮著是否爬下去？幹，他又說了一次，然後把雙手插入髮絲之間，離開了月台。

‧

我有感受。我當然有。

我有各種情緒。

但我嘗試把那些事想成是發生在別人身上。某個另外的實體身上。此時存在的是正在思考的、將一切理性化的主詞的我（也是受詞的我）。而在行動的、在體驗的，則是她。我和善地望著她，隔著一段距離。為了保護自己，我疏離開來。

・

寄掛號嗎？好，還要另外付七英鎊，麻煩了。好的。那名助理從「歡快快照」的櫃台後方對我這麼說。他抓了一張印出的單據，夾在唇間，同時把我的護照丟進一只塑膠小信封後封緊，然後再往下盯著那個封好的信封咒罵起髒話。受遺忘的那張紙從他口中飄落，來回飄浮，終於落到他的腳邊。他咒罵時口中噴出的氣流曾讓紙短暫往上飄了一下。他扯開那個信封，兩隻手的動作誇張，一直到將輕薄的灰色塑膠袋扯破為止。袋中跳出一抹紫紅色，護照啪一聲癱倒在桌上。

・

愛。就像啜飲一口可樂，感覺不是那麼舒適，你的舌頭一陣刺辣，但令人愉悅的嘶嘶氣泡從罐內進入嘴巴再濕潤了喉嚨。她正在說話，因為辦公室每隔一段距離就在地面放了一台電視，她的發言因此出現了類似合唱團的效果。她穿的紅色西裝因為過度曝光呈現陰部的粉色，紅唇過度刻意地強調了她在女性歷史中的定位。他們又播放了一次：我所愛的國家。她的臉在說到愛的時候就像被踩扁的空罐，皺巴巴的。講台上的她轉過身去——動作之快。我想再聽一次，但她已經在轉身了，她在前進，重新回到那扇黑色的門邊；愛，又說了一次！然後門開了，然後門又在她身後關上。停止拍攝，鏡頭回到攝影棚。

•

我愛妳，他說，口氣膽怯，那是他第一次這麼說，而且是經過了四杯啤酒的抗拒及否認。現在則是用日常、務實的粗率態度說：愛妳唷！比如我出門上班時：愛妳唷！比如我們掛電話前。有時他也會戲謔地用法文說，je t'aime！

我也會說，當然會說。或許愛就是這樣？先是用語言說出來，然後再用行動去實踐。

・我不常度過毫無規劃的時光。太多時間可以思考了。我不知該如何自處。我有手機，我該檢查一下新電郵。信箱裡總會出現更多電郵。梅里克此刻八成正在瘋狂交代待辦事項。但火車的收訊時有時無。

我寧願啜飲葡萄酒。

・

我當時買下那間公寓時，事務律師說我需要立一份遺囑。討論之後，她在遺產規劃部門的同事看了我們的檔案文件：資產表、帳戶、保險條款——火災保險、健康保險、壽險。退休金繼承人意願表達。我的財產淨值，至少是足以證明淨值的相關文件，全都攤在他的桌上。

嗯，他把身體往椅背靠，對我開口。可不是個聰明的女孩嗎？

我想我能理解他的困惑。他怎麼可能預料到我能將這疊列印及影印出來的資料準備得這麼完善呢？

用著嬉鬧的態度，我男友跟我說我有很多錢，比他還多很多。他說我是前百分之一那種人。

嗯，但錢是一回事，他有的是財產。那些財產都透過複雜的所有權安排綁在信託及控股公司的資產裡。他假裝拒絕去理解這一切，拒絕去理解那些世代累積疊加下來的成果。有什麼差別呢？他問。我告訴他，差別在於我們當中有個人得每天早上六點去上班，而另一個人可以坐在住家街尾的咖啡館悠哉地看報紙。

這名律師，現在是我的律師了，這名規劃我遺產的律師有個同事，對方是某種分析師，這位分析師為我做出一套金流模型——在各種假定情境下估算出未來的收益與報酬。這是一項含在遺產規劃服務中的配套性服務，目的是讓客戶預先試用，而且這位律師解釋，就相當適合擁有我這種財務軌跡的年輕小姐來使用。

財富管理，他微笑著說。

我的爺爺帶了他的鑽洞工具組來。我之前買了兩副護目鏡。當我把其中一副遞給他時他笑了。我們合照了一張，照片中微笑的兩人搞得一身灰。我的新層架彷彿飄浮在我們身後的空中。他針對公寓的其他問題提出了建議。那盆正在凋萎的植栽——他要我把將死的棕櫚葉切掉。幾個月後，那盆植栽再次變得翠綠、茂盛。

•

嗖一聲。醫生將身體前傾，溫柔開口。她說我很強壯，我是個鬥士，說她看得出來。我不能撒手不管，如果那樣做——那樣做是自殺。她說我必須負起責任。想想我的家人吧。做出選擇。

沒有什麼是你的選擇。

但我不信任我能說清自己真正的意思，所以只說我要走了。是該回去工作了。我在四周尋找隨身物品，我得走了。

沒有什麼**是**你的選擇。

而死亡並不是一種無作為。死亡有副作用。我想起那些金流：其中假設立刻死亡的情境下列出的結果。那是在圖表中最高的長條，因為可以一次拿到之後多年的錢。那代表了我此刻擁有的價值。

到時情況可不會太好看——她正在警告我——不會像詩歌那般優美。不會是我想像的那樣。噢我確實知道，我知道可是——我為何要在意好不好看？

沒有什麼是你的**選擇**。

而我就想這樣。我伸手去拿我的包包，站起後轉身，從門上的鉤子解下大衣。她也站了起來。她的臉因為擔憂及不認同我的決定而皺成一團。

妳聽我說，她說。

•

火車再次顛簸前進，我用一隻手輕觸胸口。沒有切口，沒有不合情理的醫療要求——只是用了一根針，就刺了一下。如此而已。之後我接到了閃爍其詞的電話，表示後續療程配合我的時程做了最快的安排。現在他們提起要做手術，屆時必須停工休息幾週。再之後呢，就是輔助性治療，可能是放射治療或者——甚至可能是化療。**做出選擇吧**。沒人提起我的生涯可能就此完蛋。

我的升職可能就此完蛋。

這些指示：聽著、安靜、這樣做、別那樣。到底什麼時候會有個結束？我會因此走向何方？相同的事不斷重複。我是他們要我成為的一切。但還不夠。生理上的摧毀，此時此刻，跟心理狀態受到的摧毀不相上下。切開、毒害，摧毀我這個新出現的惡性部分。但永遠還有其他事得做：下一個命令、下一個批評。這樣永無止盡的順服、成就、勝出——到底為了什麼？

·

說到這些抗議者的目標，我其實不知道究竟是哪些公司。我當時剛畢業，身上穿著爽脆俐落的 Primark 襯衣和柔軟的 M&S 長褲，情緒亢奮、恐慌，想趕快上班工作。警衛已把大樓入口用金屬柵欄整個圍了起來。我從人群中擠過去；現場充滿涼鞋、金髮辮子，還有濃重的體味。他們的海報板和聲響從四面八方以嘲笑姿態推擠而來。我雙臂交叉在身前，頭一直低著快速往前走，只專注看著前方地面。有些人在我拿出工作證時大吼起來。保安把柵欄抬到一邊讓我進去。

他們的眼神沒移開。他們望著我跨越分隔柵欄，消失在旋轉門後方。

・

這樣說吧：有個男孩在鄉村豪宅長大。他上的是私立的預科學校。週末時和父親在外頭的穀倉玩。兩人一起蓋了座巨大的石製日晷。那個男孩現在是個年輕人了，他在準備進入大學的A級課程中拿了兩個E[6]，然後旅行到牙買加去教書。他的日晷陰影不停旋轉又旋轉，他自己則一路往上又往上，直到這個男孩現在是個老男人了，終於也爬上了政治金字塔的最頂端。由於擁有的財富讓他從不需要賺錢、也不用工作，他的人生始終不用處理寒酸的妥協問題。從這樣一個優越的位置，他伸出指頭——那是根衰老的指頭，肌膚清透，伸長的手臂搖晃著。他指向你：就是這個麻煩。

總是這樣，我是麻煩。

另外有一天，有個男人說我是天殺的 n—r[7]。那是個在阿爾德蓋特遊蕩要錢的乞丐，個頭很大的傢伙，他整個人靠過來我不讓我走——我就被困在他和會害我直接掉下軌道的月台邊緣。他直逼我的臉，口中激烈吐出那些字詞。然後，就這麼笑著，他走開了。

妳沒有欠任何人什麼。

我有繳稅，每年都繳。任何花在我身上的錢：教育、健保，還有什麼？道路建設？我都有用稅金還回去，而且還完還有剩。現在一切講求利潤。而我跟我們這類人一樣，對這個帝國來說就是純粹的、天殺的利潤。我們就是一種得以任帝國不停剝削再剝削、貶低，之後還能再次剝削的自然資源。我不欠那個

6 General Certificate of Education Advanced Level（普通教育高級證書），簡稱 GCE A-Level 或 A-Level，是英國普通高中的課程，而最終測驗的成績可以報讀英國和世界各地英系國家的大學。分數 E 是合格的最低分。

7 原文寫 n—r，在英語中是一種貶義且非常有爭議的種族誹謗詞彙。

男孩什麼，也不欠那個男人，又或是那些示威抗議者、又或是這個帝國或所謂的母國，我誰都不欠。我接下來的四十年不需要用來抵償我的虧欠，天殺的下一分鐘也不需要。我還剩什麼可以被人奪走嗎？沒了，我已山窮水盡。

我什麼都沒有了。

・

除了花生醬、交通號誌和解放的奴隸之外，妳在十月沒有關注其他事的餘裕。十月令人頭昏腦脹，阻礙妳形塑妳的自我認同。住在這樣一個永遠要求妳離開的地方啊，妳無從理解，妳缺乏認識。妳在這裡沒有歷史。

戰爭結束之後，分崩離析的帝國再次派人去了他們的殖民臣屬地，不是為了徵兵，而是要找護士來支撐搖搖欲墜的國民保健署。以諾．鮑威爾[8]本人搭船到巴貝多懇求我們，來吧。所以我們來了，我們建設、修繕、照顧病人，我們煮飯我們打掃。我們繳稅，還把過度高昂的租金繳交給少數願意租我們的房東。我們受到憎恨。民族陣線[9]追殺、焚燒、拿刀捅我們，試圖根除我們。邱吉爾為了趕走我們設立了專案小組。**把英格蘭留給白人**。以諾啊，這個曾經來招募我們的大無畏政治家，現在卻警告我們若是不離開，河流可能都會飄滿血沫[10]。新的法條設置了，我們的眾多權利遭到撤銷。

然而有些人倖存了下來。他們想辦法仰賴微薄工資撐過一切，甚至還能存下一點錢。他們可以把妻子、丈夫和孩子從租屋處搬到五個家庭共享的房子裡，樓上樓下各兩個家庭，每個住處都真正屬於這些家庭。那是屬於他們的住處。於是有一種倫理、一種心態，或說一種驅策人生的動力模式就在當時建立了起來，並且持續至今。那是一種堅韌不懈、永不妥協的人生追尋。

8　以諾．鮑威爾（Enoch Powell）是英國保守黨政治家，曾在一九六〇到六三年時擔任衛生大臣。

9　民族陣線（National Front）是反移民的極右派組織。

10　「血河演講」（Rivers of Blood speech）是以諾．鮑威爾在一九六八年進行的一場反移民演講，雖然沒有直接提起「血河」一詞，但他引用了古羅馬詩人維吉爾（Virgil）作品《埃涅阿斯紀》（Aeneid）的句子，其中提到「台伯河上滿是血沫」。

•

超越種族吧，他們談起傑出和死去的黑人時會這麼說。就彷彿那份堅韌不懈的奮戰精神會在已經撐到極限時戰勝了極限、戰勝了無限，甚至是戰勝了這個地方，就彷彿時間延展至無限的永恆。

•

我對牙買加的認識只來自各種故事，來自來訪的姑姨叔舅又或者表親堂親——總之就是家人。他們打開包裹取出麵包果、朱利芒果、水果蛋糕；他們把油脂豐富的梨子切開後一片片鋪在硬麵團麵包上；他們談起跟家人有關的各種故事，故事中的人在露臺上從白天坐到夜晚，所有人一起，大家彼此不停說著故事。不過總是這樣的，這些畫面中的家庭令人感到愉悅、溫暖又慈愛，為人帶來盼望，但這些盼望總會回到應有的地方。這些人總會坐飛機回去。

•

我留在這裡。我是他們在英格蘭的親戚。

我曾和一個男孩一起上學——六年級後就沒見過他了，但我記得他的家長每天晚上要他在家中前廳的書桌邊站著寫功課。只要他進入那個前廳，就不能進食、喝飲料或上廁所，只能站在那裡寫功課。他母親常在學校大門處拿此事來炫耀。他甚至告訴我，有時小孩子就會把這種事說出來，他說他有天晚上站在那邊尿濕褲子，但他媽媽還逼他待在前廳不能離開。尿溼的長褲慢慢變涼，黏在他的雙腿上，直到他所有作業寫完才換掉。

他拿到了黑博戴舍．艾斯克斯的獎學金。他翻讀過無數次的手冊中吹噓著此校申請牛津大學的成功率有百分之二十。

•

但你會在努力不懈地達成目標時發現，你需要的其實不是這個。

這是個艱難的領悟，要拿出相應的作為更難。

我明白這個週末代表的意義。他拉開了簾幕，邀請我走到後方密室。這不算是接納，還不算，只是更往前踏了一步，讓我離目標更近。我必須學會引導自己往正確的方向前進。透過他和小瑞，我研究了這種文化資本的使用方式。

我得知自己該做些什麼、該用什麼方式生活，還有該對什麼感到享受。我觀看，我模仿。這需要練習，另外還需要理解什麼是你不可能觸及的事物，什麼是我不可能搞定的問題。

我生在這裡，我父母也生在這裡，我一直住在這裡——儘管如此，我始終不是這地方的人。他們的文化在我身上成了諧謔的模仿演出。

·

坐在這裡的我感覺空間狹仄、如坐針氈。我的手提袋放在上方，大衣疊在大腿上。我覺得好熱，皮膚像有蟲在爬。我想離開火車，回到我的公寓，剝下這些讓人發癢的衣物，鑽進清涼的棉質床被中。

我只想要休息。停下來。就算只停止一下子也好。

這種思緒會導致人的崩毀，又或者是放棄作為，那是讓人逐漸邁向崩毀的更為緩慢、痛苦的作法。還有好多事可做。但也有好多事已無從改變，木已成舟。

但我還在這裡，不是嗎？這個週末或許很快就會過去，很快。或許我可以停止在乎，停止嘗試——不，我不該這麼毛躁，還不該直接將心門關上。這事可能還得花上好幾年。運氣。運氣需要的是機會和事前準備。

・

我準備考試的手法一絲不苟。這種態度是最重要的。在我自己安排的行程表中，從早到晚的每小時都有該做的事。當時的我抱持絕對的奉獻精神，就那時候，此後我從未重現那種精神。我叫自己不能分心、不能渙散，也不能胡思亂想，就像一種冥想。在幾個月全心奉獻的努力之後，我再一次從車站走到學校，途中穿越繁忙的交通要道。我準備好了。

然後一切出現在我眼前：四十年的時光無限延伸開來，沿著閃亮的卵石道路往前急速飛馳。船和香檳、飛機航程、全景景觀、董事會房間、閃爍的交易螢幕；反覆明滅的小燈、角落辦公室、俱樂部的陰暗角落；綠色的、雜亂蔓生的一片片綠地。雲朵像潮濕後延展開來的棉花在飄動，又像羊毛般吊掛著跨越天際。還有一片藍色、冰涼的天空。嗖一聲，擋風玻璃上的雨刷擦過乾燥玻璃，然後——

有名女士正在搖晃我的手臂，尖叫著大喊**妳這傢伙有什麼毛病**？眼前有台車，但停放的角度完全不對，車身跨越了兩個車道，其他車子不停按喇叭，行人也都停下腳步盯著看。一切靜止下來——暫時的，然後那名女士把我拉回安全島上，一邊還在搖晃我。

我通過了那些考試。

那是一次帶有警告意味的預言？還是計畫好的行為？無所謂了。我繼續追尋。

．

我貪婪地欲求著堪比百年大業的成功。

．

遇上了繁榮情勢

也遇上了往上爬的機會，妳於是將兩者結合後趁勢奮起。但跟想像的不同，妳並沒有感到狂喜，不過或許只要還投身其中本來就永遠不可能狂喜。不

過這勢頭不會

持續，妳心知肚明。所以妳存錢，妳未雨綢繆。**英格蘭每天都在下雨啊！**妳人在這裡，妳有帳戶而且現在妳的會計師和妳一起把資產投入債券、投入基金；妳定期定額投資。妳打起精神處理這一切。妳把現金留在戶頭，留在錢包裡，留在床下的一個盒子裡。黃金——妳開始認真考慮。說真的，總會有些新玩意出現。那些玩意總會浮雕上文字——用的是黃銅或是鋁，妳看著那些男人拍的影片，他們把火倒進一只只桶子裡；妳看見那些燒焦之後白熱的殘餘。錢只是信仰，現實只是感知，所以為什麼不呢？哪裡都存放一點吧，到處都存放一點吧。不過要小心謹慎，就算

看見其他人——比如小瑞、比如盧——不停在花錢也一樣。他們是很享受其中。不過他們當下的生活風格真有讓人生又提升到新的高峰嗎？妳也不知道。但妳有辦法安然度過危機，妳能給自己壓力測試，妳不會被小事擊垮。妳希望啦。妳能有的也只有希望。妳希望手中的一切足以讓自己安然度過任何挫敗，直到再次谷底反彈，雙手抓穩，把自己撐上地面，然後再次往上爬。

在一整堆白色信封中，那個小信封是政府機關使用的棕色。我打開信封，在那堆紙頁中看見兩張自己沒在微笑的臉。姓名、出生日期、公民身份。我極度厭惡因此鬆一口氣的自己，也極度厭惡這種鬆一口氣的感受——這種感受的可靠程度只跟用來印製的那張薄紙一樣。我們早就見識過了，就跟之前一樣，這個政府和其充滿事業心的內政大臣隨時準備好摧毀相關文件，還有我們存在過的紀錄和證據。公民身份又有什麼意義？當你看見用喇叭尖聲宣傳「滾回老家」運動的廂型車在你住的街區逡巡時，公民身份有什麼意義？當你聽見，而且是一天到晚聽見，有人莫名跑來你家門口猛力敲門時，公民身份有什麼意義？當妳的英國人身份只剩下一張紙，而且還會被掃到一旁供人踐踏的時候，公民身份有什麼意義？護照封面摸起來滑順、嶄新，我將其悄悄收起來，收好，藏進梳妝台底層抽屜背後的資料夾中。

•

小瑞的分類手法很有效率。**打包帶走、裝箱收好、捐出去**。堆在我身邊床上的衣物量最大，那些是要打包的。其中包括她的洋裝、連身褲裝和上衣。柔軟的衣料在她每次放下時窸窣作響。我將飄散在空氣中的麝香及柑橘香氣吸入又吐出。她已經把搭配不同衣物的相關工具另外整理出來：使用多年的刷具、梳子、洗髮精、噴霧。各式各樣的工具。她的衣物需要用各種不同的複雜手段照顧，細節都列在衣服內縫的標籤上。

同居——對她的生涯可能是好事，她這麼說。那語音朦朧不清，此刻正從衣物間內向著她提問。或許獲得更多人脈連結的機會？

她帶著三件洋裝出現——分別是亮色系、印花，幾何圖樣——那三件洋裝像癱倒的新娘一樣垂躺在她的手臂上。她嘆了口氣，將洋裝在我身旁放下。雪紡質料因為窗口吹來的微風如波浪起伏。

無論如何，我們的人生無法暫停，她說。我們得活下去。

妻子們和女友們以男—女—男的順序被安排在我們之間。其中兩人已經懷孕了好一陣子，她們從巨桃一樣的大肚子後方露出微笑，並在午後的陽光中肌膚泛粉、汗如雨下。我在這裡，在盧回收改造的木製野餐桌旁，就跟在辦公室一樣是個局外人。我不是男人，也不是妻子，分類不明，但我的男友還是一如往常地好親近。他坐在我身邊閒聊、問別人問題，跟著盧和其他人一起談笑。他可以在融入任何地方後把我也帶進去。他是我在滿地毒蛇中的那道逃生梯。

過了一週後，換成其中一名懷孕妻子的丈夫坐在我對面。他的名字不在名單中。沒有被列名就代表沒有升職。他用鼻孔大力吸氣，一臉不滿。他的臉頰鼓起，嘴唇緊閉，鼻孔抽動，頑固地迴避我的眼神，最後才終於說了：

你們這些黑人和西班牙仔實在輕鬆多了。

他說我就是因為這樣才被選中，我就是這樣才贏過其他有資格的男性，像是他。他說他不反對多元性。他只是想要公平，懂嗎？

懂嗎？他又問了一次。

懂嗎？

我的腦子還沒跟上他說的話。但我懂、懂、懂。

・

去解釋空氣的存在。

去說服一個懷疑論者。去證明空氣存在。去證明肉眼不可見的事物。有種輕快的殘暴每天割傷妳——妳要怎麼逃開？用妳的經驗？用妳被切割地傷痕累累的肉體。用妳懷抱的希望。希望早已蒸散無蹤了吧？妳無法動搖他們理解現實的方式。呼—吸。到了晚上，那份殘暴爬出來，那份屬於白色的殘暴緊貼住妳的左邊乳房，抓住妳，蔓延開來後纏繞住妳的脖子，收緊再收縮。妳驚醒——氣喘吁吁、滿臉汗濕、雙臂緊繃、胸口（冰涼），別去看啊。眼神朝上！一顆顆燈泡閃爍著怪異光芒。四下黑暗。

在呼吸不到空氣之際，證明完畢[11]。

11 這裡的「證明完畢」用的是拉丁文片語「quod erat demonstrandum」。此詞譯自希臘語，許多歷史早期的數學家使用過，例如阿基米德。

坐在我對面的首席風險官看起來有點可笑。他身穿馬球衫，太陽眼鏡往上推進蓬亂的髮絲中，沒有了週間那些特別裁製且熨燙平整的藍、灰、白色衣物，他看起來就是個普通的中年大叔。他的身體肥軟又充滿皺紋。小瑞臉上沒有微笑，她正在用一根快爛掉的紙吸管攪動無酒精莫希多調酒。他們的狗在桌下的一個盤子裡舔水。我不知道餐廳為何會容許這種事。

這段不知算什麼的關係發展得比小瑞計畫的還久。先是從調情變成一段韻事，接著變成跟他妻子同時存在的那種令人不安的秘密關係；終於兩人分開；但現在兩人又在不說破的前提下暫時共同生活，還一起養了狗。此刻則一起在吃早午餐。

小瑞就選擇這麼做。為什麼我不行？

這是一次機會。這是我的機會。為了停止永無止盡向上爬的人生。為了讓我丟下的家人過得更好。同時也為了把一切丟在腦後。**為了超越**。

我為什麼不該這麼做呢？

而且為什麼我非得說服這個醫生——或者任何其他人？我已經下定決心了。我想大喊出來！這是我的人生。這是我的選擇。我已經做出決定。是我做出了選擇。

．

我望著我的大衣，無光澤的天絲在手中摸起來又軟又貴氣。穿這件大衣很適合。當在枝葉繁茂且建築風格奇趣的街上走進這樣一棟靜謐的建築，上樓走進高檔接待區，進入灑滿陽光的詢診間，坐在這位衣著講究的醫生對面時，穿這件大衣就對了。是我自己賺來了這件大衣，讓我自己可以看這個醫生、擁有這樣的人生，還有現在這個選擇。

她還在說話。她在解釋。她告訴我、告訴我、告訴我、告訴我——

不。

我的語氣堅定。我說我已經下定決心。

．

成為頂尖。工作時更努力、更聰明。超越所有人的期待。但在此同時成為大家都感覺不到的隱形人。不要讓任何人不自在。別帶給人麻煩。只存在於光影的暗處，也就是邊緣地帶。不要把自己強加入主要敘事中。**不惹人注目地行事。成為空氣。**

張開妳的眼睛。

•

有兩姊妹：

妹妹小姊姊四歲，姊姊做什麼她都跟著做。她們用同樣的餐具，穿同樣的衣服，上同樣的學校，也讀了同一間大學。時至今日，她的公司就在同一條路的另一頭。兩姊妹會一起吃午餐。年紀小的那位正在同一條路上全速衝刺，姊姊無法讓她停下腳步，也無法阻止她。姊姊無法將她從足以將人壓垮的無盡人生追尋中解放出來。

•

電話震動。他已經在車站了。
快到了，我回訊。

超越

（花園派對）

謝謝妳，他在引擎停止運轉而驟然產生的靜默中這麼說。他低頭望著方向盤。我們的車停在他父母房子外的碎石車道上。而在越過草皮的另一端，有幾扇窗戶在夜色中閃爍出橘色光芒。

他說他很高興我來了，明明我還得處理切片檢查啊，還有其他有的沒的——他沉默下來，轉向我。我在微弱的光線中看見他的五官間有一抹真誠。他的雙眼是兩抹深色的陰影。

「我只是很高興妳沒事」，他說，然後靠過來親吻了我的臉頰。

車外一片靜默，一切停滯得讓人很有壓迫感。鑄鐵大門重新滑回原處後成為一個封閉的鬼臉。一根根迷你燈柱打下圓錐狀的狹長黃光，照亮了延伸至屋子門口的小徑。那對父母在門口迎接我們。海倫和喬治將我簇擁進屋內——叫名字就好，他們如此堅持。底下裝了暖爐的長凳笨重地靠在寬敞玄關的牆邊。

他們滿臉微笑，表現出親暱又歡迎的態度。母親海倫揉了揉兒子的肩膀。

他們把我帶進一個鋪了地毯的舒適邊間，裡頭已升起劈劈啪啪的爐火。隨意坐啊，他們指向布置在房內的一張張沙發和扶手椅。我也就坐了，坐在火邊一張老舊的印花雙人沙發上。那位父親打開櫥櫃，伸出蜘蛛般細長的手探入一排排玻璃杯瓶之間。他們的兒子選了一張在我對面的閱讀椅坐下，背往後靠，雙腳腳踝交叉。他將身體攤開、扭轉，隨著打呵欠的伸展逐漸放鬆，握拳的雙手將手臂往上往外拉長，最後以一個緩慢、悠長的低吼作結。

「所以，」這位父親倒酒時開口了。「跟我說說妳怎麼會跑去金融業？妳怎麼不去工黨那邊搞些改變？」他調皮地眨眨一邊眼睛。「催生出一種新秩序？」

「她比較算是布萊爾主義者[12]啦，」這位兒子說。

「啊哈——」這位父親的眼神轉回我身上，顯然被勾起了興趣，但那位母親打斷了他，話聲輕柔地責備起來。

「聊政治？這個時間？」她對我微笑。

這位父親繼續倒酒。

「好吧，好吧，」他的語氣間帶著充滿溫情的幽默感。「換個話題！」

他把玻璃酒瓶放回去，在我對面坐下，跟他的妻子和他們的兒子坐在一起。此刻那個兒子已在椅子上攤開身體，手上拿著酒。我的身體有點太過溫暖，因為離那簇美好閃爍的火焰實在太近。

「是用瓦斯啦！」那位父親咧嘴笑開。「妳看見了吧？我知道，我知道這樣是作弊。」

他跟我聊起那座壁爐，還有幾年前修復壁爐架時遇到的難題。他的兒子插嘴加入話題。他的母親也一樣。他們都在說話，我則在觀察。大多時候都是這樣——我被迫練習什麼都不說。我聆聽、做出反應，偶爾提問。他們列出明天會出席的一部分賓客，都是家族友人——政治圈的，這是當然，但也有創作人、學者、律師之類的。這是一批低調卻背景耀眼的人士。

我在這裡做什麼？

12 在英國政治中，支持工黨前首相東尼·布萊爾（Tony Blaire）的人會被稱為布萊爾主義者（Blairite），這些人走的大致算是「中間偏左」的路線。

自從踏上火車後，我就感受到這股陰森的宿命感，彷彿我沒辦法再回頭了。但我也感到相當讚嘆。我以前就見過這種「喬治」，很多，他們身上披著各種不同偽裝，扮演不同角色，但內裡都跟喬治一樣。我以前就對他們作出了各種觀察、細部檢視及結論，但現在我人在這裡，看著坐在自己家裡的這位，身邊還有他的妻子和兒子。我不想跟這種「喬治」扯上關係。我想抓住這種「喬治」，撕開那張臉，掰開那張嘴巴，扯爛那個下巴，然後伸手往下探，往下，探到更深處。我想摸摸裡面有什麼。

這位兒子問起他的手足。他們什麼時候會到？

「艾麗在樓上，她已經到了，」那位母親說。「時間很晚了。」

但這位父親還有問題要問。他亢奮的眼神毫不動搖地鎖住我的雙眼，向我問所有事情的意見。《愛之島[13]》真人秀？劍橋？持刀犯罪？金磚國家[14]？中國在非洲的投資？

那些提問與其說是問題，還不如說是措辭精美的專題寫作。

「——但我們不能只是讓情況不受約束地發展下去！」他輕鬆解決手上的酒，然後將空空的平底酒杯「咚」一聲放下。「是吧？」

那位兒子雙眼閉上往後靠。我感到不自在，也累到無法應付這種循循善誘的提問式對話。

「對，那不如——噢，對。這個很好。大家都會愛。皇室寶寶？梅根．馬克爾？這才叫進步啊，這就是現代化。振奮人心啊。」

他們的兒子也一樣，他之前對這場婚禮可興奮了，還為此規劃了一場烤肉派對。他為派對掛上吊有大量英國國旗的彩旗裝飾繩，買了各種酒飲和調酒杯，把朋友都聚在了一起。他們態度真摯，一邊傻笑一邊張大雙眼看著英國廣播公司的轉播。對他來說，對他們來說，這似乎代表了——某種意義。他和我四目相交，那兩道視線從壁爐對面他坐的所在望了過來。

振奮人心啊，我同意。

等我們終於互道晚安後，這位兒子堅持要在走去臥房路上來場即興的房屋

13《愛之島》（Love Island）是英國的戀愛實境節目。

14 金磚國家（BRIC）一詞起始於二〇〇一年，指的是當時的四個新興市場：巴西（Brazil）、俄國（Russia）、印度（India）和中國（China）。雖然一開始並非正式組織，後來逐漸有了官方合作關係，到了二〇一〇年，南非（South Africa）也加入了金磚國家（BRICS）這個合作體系中。

導覽。這名熱心的導覽員抓住每扇門的黃銅手把，打開花飾精美的門，**您請先走**……在我們移動時，他細數了一堆這棟房子不太可能擁有的偽歷史，不然就是擺出深情態度重述他的兒時回憶。比如在這裡玩過「沙丁魚」遊戲[15]，又或是在那個箱子裡藏過一只破掉的花瓶。這些房間就跟我想像的一樣：雄偉的建物搭配寒酸的鄉村時尚裝潢。主要來說，最讓我印象深刻的還是那些走廊；那些走廊好寬敞——彷彿無窮無盡——在牆面連接到天花板之處有裝飾精美的飾條。幾何圖樣的地毯能看出長年踩踏的痕跡，但仍顏色鮮亮，有獲得良好的照顧，而且在轉角處鋪得很完美，一路沿著階梯向上延伸後開展入一扇扇門內。他在我面前停下腳步，準備要炫耀藏書間給我看。我比較慢才跟上，像是在藝廊一樣停下腳步仔細觀看那些時不時出現的藝術作品。這些收藏作品風格各異，有氣氛歡快的裱框輸出品（展覽海報、經典作品），也有照片作品跟風格嚴肅的原版畫作掛在一起，這些畫作都有先妥善拉伸畫布、將畫布固定上底架後再行裱框。另外還有幾幅畫我想應該是孩子們自己畫的。

他說藏書間是他在成長過程中最喜歡的房間。不過他自己也承認，與其說是藏書間，不如說就是個很大的書房。

「只是裡面的書還算多！」

他向我指出其中有幾本是他父親寫的。還有一些比較舊的其他書，則跟他有被詳實記錄下來的祖先歷史中的個人或其他面向有關。另外有些比較新的書中有稍微提起他的父親——儘管有些只有間接提到。再其他有些就只是單純的書。

「我父親在這個房間內建立起自己的名聲，」他說。這句話說起來有排練過的味道。他的父親一開始參與了一個保守派智庫，後來成為政策顧問，名聲愈來愈大之後，他的名字成為對各種政策具有地下影響力的護身符。但誰知道這種說法的真實性有多少？任何人都能宣稱自己是看不見的影子操縱者。不過這樣的影子仍然籠罩著這位兒子。他追逐著這些看不見的影子。但他難道不會寧願做點別的事嗎？

「有什麼比這更重要的事嗎？」他說。閃過他眼中的情緒有惱火，或許還

15 「沙丁魚」遊戲（Playing sardines）是一種類似躲貓貓的遊戲。

有憤怒。他重新靠著書桌站好，雙手抱在胸前，說他真希望能像我一樣找個毫無靈魂的大都市工作，天殺的賺一大堆臭不可聞的錢。但這一切——他態度義不容辭地將手臂揮向身邊一座座散發潮霉味的書架——這一切更需要他本人來維護。這是需要受到推崇的重要遺產。他無法抗拒這股衝動，他說，他有在世上留下屬於自己印記的衝動！這就是他所受到的教養。他任由自己在講最後這句聰明話時刻薄地乾笑了一聲。

很晚了。我們該去睡了。

他說很容易跟我說出心裡話。他說我們對彼此很誠實。他說他就愛我這點。好，他說，他打算跟我說件事。誠實地說件事。這是他從未跟任何人說過的事。他有一直在寫——不、不是日記，而是某種自傳，他持續在寫，而且不停修訂。他的故事，他的人生，他反覆書寫，每天寫，在他的腦中寫。只要是他做的每件事，在真正去做之前，他都會嘗試在腦中那本自傳的書頁中寫下來看看。寫起來合適嗎？有達到應有的標準嗎？這樣的內容夠格放在這些書架上嗎？他需要獲得肯定的答案，否則他就不會去做。

這就是他的生存之道，他說。

我在他稍顯陰暗的臥房中看不太清楚周遭。這樣深入多年前形塑出他這個人的現場感覺很奇怪。我可以大概看出一個書櫥的厚實剪影，其中擺滿了他青少年時期讀的嚴肅書籍。幾顆天花板上的星星在黑暗中發出微光。

他在我身邊睡著，如同水一般沒有固定形貌，完全不受白日的焦慮所干擾，呼吸節奏穩定。跟他在一起時，對這世上的所有盧和梅里克而言，我成了可以容忍的對象。他對我的接納促成了他們的接納。他的存在等於為我擔保，向他們保證我是那種「正確的多元性」，而我的回報是讓他得以一定程度的證明自己是個自由派，同時抵銷他繼承了許多錢的一部分政治包袱，確保住他中間偏左的政治定位。

我把手機轉成靜音。或許他不像我，也不像小瑞之後會注意到的一樣，真的有如此意識到這種情侶組合中的務實面向，但他父親也一定有意識到。不過就算他沒有意識到，這仍是既存事實。在他想像出來的自傳中，這段關係最後只會簡化成一個句子——又或許兩個：這點稍可證明他擁有開放心胸、並擁有建立跨文化連結的本領。

所有事都是交易。

盧滑入我的螢幕。他在電郵裡提到專案管理辦公室和我們需要週一早上飛往紐約。梅里克要我們去到美國的工作現場。我知道這是什麼意思，於是閉上雙眼——吐氣。我想拒絕他，想叫他該死的自己去買機票。螢幕的長方形殘影還亮晃晃地緊貼在我的眼皮內。現在不是可以表現得難相處的時候，我知道，反正我也得訂自己的機票（吸氣），再多訂一張又何妨？他已經附上他的護照號碼、到期日，最後還附上一個笑臉。

吐氣，

吸氣。

已訂好，我處理完之後如此回覆。早上七點三十五分從希斯羅機場出發。登機證如附件。

我幾乎要開始往下滑，我知道再往下滑一陣子就會看到我妹妹的名字，她昨天傳了一條連結給我，那是場我們一直都很想看的表演還是什麼之類的。但我只是任由螢幕的光線變弱，接著閃爍一下，終於只剩一片黑暗。

在失去手機的光線後，黑暗變得完美無瑕。我的雙眼緩慢適應著。此處瀰漫的是絕對的靜謐。我感覺自己不受到任何目光注視。不過在明天的派對上，我知道我要面對的是什麼，也知道他們對我的期待是什麼。我明白自己在此扮演的是什麼功能。那個場合為我許諾的是特權、是一種歸屬感，沒錯。抵達我在社會階層中上升的敘事巔峰。當然，他們——無論是家人，還是那些賓客——都知道我無法拒絕這個邀約。

我會受到觀看，這是我打算加入的代價。他們會想看我對他們富足人生所做出的反應：有禮的節制、隱藏的怒氣，以及徘迴在一切之下某種低賤的、充滿欲求的飢渴。我必須裝出上流千禧世代的那種酷樣；我必須在上餐前點心時說些魯莽的俏皮話。這是我被虛構出來的模樣，可是我的參與能讓這樣的虛構變成事實。我的思緒、我的想法——甚至是我的身分認同——都只能在回應派對參與者的語言及行動時存在、只能圍繞著他們的形體邊緣才能連結成一個整體，並在過程中強化他們的自我以及相對於我的中心性。不然他們還能怎麼確定自己是誰？又或者他們不是什麼？若想勾畫出形體，任何人都需要一個明晰、黝黑的輪廓。

「這件洋裝很好看。」

站在廚房另一邊的那位母親望向我。我們正沐浴在甜美的光線中。一整面的風琴式摺疊落地窗都拉開了，廚房因此與遼闊的花園直接連通，爽脆的早晨空氣直撲到我們身上，填滿大自然所厭惡的所有與世隔絕空間。更遠處，有四個身穿單調白制服的男性正在檢視草坪上的幾個特定地點。他們身邊擺著金屬桿子、一綑綑白色布料，以及一捲捲繩索。他們沒有望過來。

那位母親從櫃子上拿起一只馬克杯，用冒著輕煙的茶壺把杯子注滿，然後沿著廚房檯面將杯子推向我。

「迷迭香，花園那邊摘的。」

我的指尖才碰到熱燙杯緣，就感覺手臂湧上一陣陣刺痛。她詳述了這天的計畫。總之隨興一點，她如此強調。反正就是提供小點心的自助餐，再搭配點音樂。

「那是天幕，他們正準備架起來，」她對那些男人點點頭。「克里斯汀是我們的外燴負責人，是他推薦我們架天幕。這種好天氣撐不久，別給騙了！」

她稍微往我旁邊站近了一些，但眼睛仍望著花園。

這場派對會很棒。

「嗯，我們打算強調一下這個日子。沒錯。四十年了啊。但說真的，這其實只是個讓大家聚在一起的好藉口，包括家人，還有家族友人，」她再次對我微笑，眉毛擺出同情的樣子。她的臉很方，但線條精緻，因為長滿桃白色細絨毛而顯得柔和。

「妳能跟我們一起度過這天真的太好了，」她說。

廚房因為這些全數打開的落地窗而顯得很大，彷彿永無止盡：整座花園、彼方的山丘，甚至是蒼淺的天空都像是觸手可及。地面鋪的是石板，巨大中島中央有個電爐盤。廚房另一側的後方牆邊擺了橡木展示櫥櫃，裡頭是老派風格的擺飾盤具及玻璃器皿。那位兒子還在樓上，此刻還在睡，我或許也該待在他的臥房裡讀書才對，又或者就是躺在他身邊，等待。

「吐司？」那位母親向我提議。她把四片吐司放進機器，壓下開關。她把抹醬一字排開——花生醬、馬麥酵母醬、果醬——一邊念出抹醬的名字一邊擺在檯面上，就在我們的馬克杯旁邊。我瞇眼望著每個抹醬罐外的手寫標籤，選了個似乎是杏桃醬的罐子。她使用抹醬刀的手法很有效率，來回反覆地把奶油薄薄的塗抹在焦脆的吐司表面，彷彿是位不願享受儀式過程的僧侶，又或者不願放縱自己毫無節制的行事。但接著她咬下一口，咀嚼，雙眼閉上，彷彿享受到了更美好的滋味及氣味。我望著她吞嚥，啜飲茶水，又咬下一口，咀嚼。吞嚥。

萬事萬物彷彿在此刻遭到懸置靜止。

那位母親無視於我們之間突然變得緩慢的時間。她又咬了一口，下巴有節奏地輾磨，一下子鼓鼓的突出一下子又往下延長；她的肌腱收緊後浮出，從耳後延伸入正變得灰白的一簇簇髮絲間，但仍隨著動作忽隱忽現。在她靠近太陽穴的地方有塊骨頭或軟骨或她體內的某個堅硬部分正上下起伏，時不時貼緊被延展開來的白色肌膚。她的臉部側邊全數參與了這個繁複的機械性動作，直到最後的高潮到來：她頸部的鬆軟肌膚以熟悉的方式收縮，而遭到碾磨成爛泥的吐司、唾液和奶油在交互作用後成為食糊，並在此刻開始往下方推擠，強行穿過律動的食道，最後終於被吞嚥而下。

她將馬克杯拿到嘴邊，開始喝。

那些男人把桿子接在一起，金屬和金屬彼此拉踐後形成了抽象骨架。那過程直捷了當又粗率：那些男人將整個結構固定在草地上時，敲打的悶響和咕噥聲在空氣中震動。那位母親一邊聽一邊噘起嘴——噢噢！草坪要花多久才能復原呢？我是說這些插進草地的螺栓和桿子留下的痕跡？之後很快的，賓客的體重就會壓在這片草坪上，每個人的腳跟在四處晃蕩或兜圈時也會不停捅進去。

「艾麗很快就會下來了，」那位母親說。「來幫我處理這一切。」

她對著我們眼前忙亂的場面揮揮手。另外有幾個人，我猜是外燴團隊的員工，正從左側某處拿著一些箱子、椅子或長梗花走進我們的視線範圍內。

「噢，不用，」她在我主動提議要幫忙時說。「艾麗就要下來了。」

她把手上的麵包屑拍到空盤上，然後跟我說起她兒子的一個朋友，其實都是些跟舊情人有關的事。都已經是過去了啦，她向我保證，我真的沒什麼好擔心。不過，她說，這個朋友常在這種場合提前出現，就是來幫個忙。

「我的幫手絕對是多過頭啦。」她佯裝發怒。

我擺出跟她一樣享受這個有趣遊戲的模樣，並意識到她那反覆練習過的發音。以那過度用力的母音為中心，她多麼刻意地在發出那些子音啊。在這一刻，在這裡，在她極度華美的廚房內，她整個人閃閃發亮。然後她清空盤子，我們重新表演起主人及客人的角色。我們閒聊，姿態漫不經心，最後就如同那母親保證的一樣，我終於聽見艾莉懷中那個小寶寶咿咿呀呀的聲音開始朝我們接近。對於嬰兒發出的意味不明聲響，艾麗以實事求是的態度回應，就彷彿他們正在進行一場真實且有點累人的對話。她的態度輕快——先是搖搖手指向我打了招呼，然後就和母親湊在一邊討論起流程細節。車子要停哪裡？樂團何時會抵達？我想應該就是些幾週前都考慮過且大家都有共識的事。寶寶把手伸向我，身體靠過來，身體扭動著要從那位女兒的懷抱中掙脫。她把他放進一張高腳椅中——那是張胡桃木製的時髦新潮品項。他小小的雙腿又踢又甩，再一次把雙手伸向我。

那感覺像是一種碰觸，來自那位母親，她的凝視煩膩又絲滑，像蜘蛛網一樣貼在我的肌膚上。我轉身望向那對母女。那位母親的臉拉出另一種微笑。

「這些跟派對有關的對話，」她說，「一定讓妳覺得無聊到不行。」我還來不及回答，她就為我指出了解決方法：去花園走走。

「新鮮空氣實在讓人神清氣爽啊，」她說。

所以我越過廚房、走出落地窗後來到花園，小心不要打擾到那些正在擺放桌子或裝飾場地的員工。草坪往四面八方延伸後在邊緣爆發出各種幾何形狀的花和樹葉茂盛的植物。再往後一點的地方有道石階通往長滿苔癬的噴泉，一旁圍繞著樹籬和更多花朵。一切都栽種地很優美，只多點綴了一絲過度茂盛的狂野，應該是透過悉心照料的園藝技法達成的效果。我回望屋子，抬頭看著那棟爬滿藤蔓的宏偉建築。那是一棟豪宅，真的豪宅。就像《蟾蜍館的蟾蜍》[16]描述的那樣——這樣笨拙且孩子氣的聯想也令我驚訝。但是說真的，這地方看起來就像我兒時看過的那種精美塗抹開來的水彩插圖。而我不知怎地已走入其中。我就在那幅畫裡。

16《蟾蜍館的蟾蜍》（Toad of Toad Hall）是一齣兒童取向的戲劇，改編自肯尼思·格雷厄姆（Kenneth Grahame）一九〇八年的小說《柳林風聲》（The Wind in the Willows）。其中的蟾蜍館就是一棟雄偉豪奢的紅磚造建築。

欸—嘿。漂亮小—姐兒。

有名工人手臂下夾著一張很大的折疊桌，此刻正從幾公尺的距離外喊我。我望過去時，他把桌子放下，身體靠著桌子。

漂亮小姐，妳覺得這樣公平嗎？妳在陽光下漫步，而我在工作？嗯？這什麼狗屁世界！

他如同歌唱般的語氣很刻薄。他的年紀比我大——可能快五十歲吧。就算是搖頭時溼答答的頭髮仍然平貼在額頭上。

我忍不住想他還會對這棟屋子裡的誰說這種話？在他認同的社會階層中，在他對於「公平」的理解中，誰有權漫步、呼吸，享受這樣的週六時光？他的雙眼下方眼袋泛青，嘴巴周遭的上下頷突出，站在那裡等待答案時整個身體萎靡地鬆垂著。他讓我噁心，我意識到這件事，他告訴我他認為這個世界屬於誰，藉此發洩他無濟於事的怒氣，以及非得主張自己不可的需求。我轉身繼續朝花園後方的階梯走去。

漂亮小姐？他在我身後大喊。開—玩笑的啦，漂亮小姐回來啊！

我繼續走，直到再也聽不見他的笑聲。

噴泉周遭比較涼爽。幾條泛著銀光的肥胖橘魚在底下的水池中繞圈圈。我望著牠們在石頭間衝刺，一下子消失，一下子出現，在折射出彩虹的光線中閃閃發光。**要讓最低等的白人信服**……勒布朗．詹姆士[17]精準診斷出有色他者平撫自己人怒氣的重要性。我曾冷眼但好奇地望著這片大陸不停縮減自身的存在：這些人迷惑、失落，對過往的殖民光榮年代犯上懷舊病——當時的「他們」擁有明確的樣貌！當然現在是顯而易見了，回顧過往，這一切就像根號二是無理數一樣明確：這些所謂的世界強權並非毫無過失，也沒有比較優越。若沒有暴虐強加的相對性優劣概念，他們其實什麼都不是。那是一種有組織的、系統化的暴虐，就連他們自己軟弱、萎靡的孩子都幾乎無法承受——也不會認可。但他們仍緊抓住這種相對概念不放，還視為真相。世間從未有任何來自神的絕

17 勒布朗．詹姆士（LeBron James，簡稱 LBJ），美國 NBA 歷史上最被推崇的球員之一。

對指示，沒有神諭，只能面對黏膩又不停變動的隨機運氣，再來就是，和解妥協[18]。

我開門走出去，將生鏽的門閂抬起後再重新鎖住圍籬，轉身離開。即便只是在豪宅周邊的土地，只是從這裡望出去，那棟屋子就顯得很遙遠了。我不算是個愛在鄉間漫步的人，但此刻我想走一走。我想走得比他們豐美的花園還要更遠。我需要距離。我想應該是。我需要往上穿越那些小山丘。

我走了過去。

18 作者注：

實在驚人，即便在
我思緒中這種看似擁有隱私的時候
我覺得
（仍然覺得）
不得不
限制自己的發言內容。

會擴散，當我問醫生那病會怎麼殺死我時，她這麼說了。她解釋了每個階段，還說我要是放著太久不管，任由病症擴散太嚴重，造成的損害會讓人撐不下去。轉移：那病會透過血液擴散到其他器官，無法控制地增長，最後搞垮身體。

這個家族的財富有明確存在的物質基礎。這棟房子、這些土地、這些員工、大量藝術品——就是所有他們能夠碰觸、住在其中，還有住在其上的一切。還有所謂的家族譜系，還有那些文件、照片。那些書！還有那段精挑細選後呈現的歷史。我用手掌緊貼住一根樹幹的粗糙樹皮，抬頭望向那些枝條。這地方涼爽又充滿綠意，這裡的空氣聞起來充滿可能性。光是想像一下在這種環境中成長，也就不難理解那位兒子會堅持生命中最美好的事物都是免費的。對他來說這一切全部、全部、都是免費的。這裡的學童不需要像我這種刻意塑造出來的角色來鼓勵他們懷抱希望。他們緊抓住各種機會，他們追逐夢想，他們會冒險爬上最高、延伸地最遠的枝條。他們伸長手往外探索——他們知道底下的地面是泥土、柔軟的草地，還有許多蒲公英。

若是考量這一切，我甚至能夠理解盧。他把自己視為敗下陣的落水狗，因為關於如何戰勝這場人生，他擁有自己版本的童話故事：從貝爾福德出發，途經「大公司」這道階梯往上爬，最終抵達在W9[19]郵政區中兩房兩衛浴的房子。盧會成功的，我能夠預見。他會得到這一切。他會不停擴張自己的成就，擴張再擴張。他會去把孩子排上正確學校的等待入學名單中，去和正確的人打交道，藉此獲得下一次升遷機會、受到那些人的滑雪邀請，並開始買更好的西裝。他會不停進化，直到終於滑順地融入其中，再也看不出與他們的不同。他的孩子長大後只會認識我眼前這個環境，並相信這一切都是免費的。

答案是：同化。總是這樣，這份壓力總是揮之不去。同化、同化……將自己熔解在大熔爐內，然後流出來，灌入模型，彎曲你的骨頭，直到骨頭碎裂開來，讓你終於可以放進那個模型。強迫自己變成他們的形貌。同化，他們這

19 英國倫敦W9郵政區中有麥達維爾（Maida Vale）這個著名的高級住宅區。

麼說，語帶鼓勵，然後皺起眉頭，然後一次又一次地說。然後還有個聲音總是存在，靜默的聲音，那是藏在要求大家包容及團結的語言底下的聲音——消失吧！溶入倫敦多元文化的濃湯中吧。不是變得像盧。不是融入這裡。不是融入眼前這一切。

我的生活原則讓我每次面對一個問題時，都一定要找出足以戰勝問題的行動，又或是想辦法調適，又或是找出繞過這個問題的新途徑，甚至是在無法繞路時想辦法飛天遁地。這是我一直以來準備好的狀態。這是我們把自己準備好的方式，也是在這個地方面對一個個阻礙時，我們教導自己孩子去應對的方式。比別人加倍努力。表現得比別人加倍好。並且永遠記得，同化。

因為他們在看（我們）。他們打從學校開始就被教導了看待我們的方式。他們被教導要將我們的身體（自我）視為物件。他們就像學習地理一樣學習到了高經濟開發國家與低經濟開發國家的分野——就像山脈、海洋和其他自然現象一樣無庸置疑。你不需要去問原因或理由，他們也不提歐洲帝國主義如何透過課本上畫的那些帶著貪婪的箭頭撕裂了世界地圖。最為根本的源頭是：那些沒有名字、沒有臉、無法被辨識身份的（黑人）身體被展示出來，他們許多人擠在一起，從頭到腳趾都被肩並肩鍊在一起，正準備進入一艘墨水畫出來的船隻中。那是不適合任何動物的生存環境。總是如此，學生們總是在教室中反覆看見這些圖片。

直到這一切成為公理，直到有條線從「無生命物體」開始，直接連結到我們身上。

然後，他們看到的是這個：

圖一

他一點也不害臊。他站在那裡，雙腿張開，腳上穿著橡膠製鞋跟的皮鞋，身上穿著廉價西裝。他一直看，就在兩公尺外，雙眼渴盼地凝望著妳的身體，指尖輕敲著一支無線電對講機。他尾隨妳經過一條條走道，他的可疑逐漸累積成震耳欲聾的靜電雜音。他在妳身後幾步的距離，無論妳去哪都跟著。妳的舉動冷靜又刻意，但可以感覺到頸子上的脈搏劇烈搏動。妳該直直望向他、質問他，至少要求他給出一個理由，但妳不行。

妳知道妳不行。

包包裡的手機震動嚇了妳一跳。妳猶豫了一下，幾乎打算當作沒聽見，但又振作起來。好吧，就接吧，妳把手機從包包裡撈出來。妳可以感覺到他的注意力如同火花劈啪作響，沿著妳的脖子延伸到手臂，在妳握住平滑的塑膠手機時穿越妳的掌心進入妳的手指，妳用大拇指滑開螢幕。

哈囉？一個沒有形體的聲音說。

他正看著，看著又看著。

圖二

在角落店鋪外，就在妳的中學前方的道路對面，通常會有一排女生在等待。有名店鋪助理會在放學人潮眾多的時間化身為保鑣，而他此時就站在門口。一次兩個人，排好隊，一組人出來後另一組人才能進去。他緩慢而嚴肅的語調就彷彿在誦念神聖的經文，但講完後又會揮手把兩、三個懶得排隊的女生直接叫進去。這些女學生嘴唇紅潤如櫻桃、黑色眼睫毛因為刷得厚重而結塊，捲捲的金髮鬆垂地掛在肩頭。他揮手要她們進去，然後怒瞪向那排人，叫大家別那麼吵鬧。

圖三

紐約的週日夜晚，倫敦的週六早晨。妳為了工作定期往返，但地勤人員阻止妳往前走。在希斯洛機場，那個週日下午，妳還來不及走到商務艙的報到櫃台，地勤人員就已經衝到妳面前，單手堅定地抓住妳的上臂。那個地勤人員的手指——誰知道那些手指還碰過什麼？——此刻陷入妳身上柔軟的灰色羊毛大衣中。妳低頭看著這隻放在身上的手，看著指甲下方的一點點汙跡，還有從他濕黏皮膚上冒出的蒼白毛髮，然後是這片皮膚的主人，這名地勤人員，他伸手指向某處，彷彿怕妳聽不懂般大聲說話，他說：一般旅客的報到櫃台在這裡。

那名地勤人員根本沒在看妳的機票，他不看，他只是揮手要妳去排那個長長的隊伍。那條隊伍前後蜿蜒，所有人像家畜一樣被關在一條條紅絨繩之間，一路延伸到一般乘客的報到櫃台。地勤人員說：對，妳的隊伍在那裡，就在那裡。

圖四

某天晚上從圖書館回到大學校園時，妳撞見他們聚在O橋邊。他們的臉被手機照成病態的綠色。其中一對情侶身邊有腳踏車，一個側身靠著橋邊的女孩正往下方的河面吐口水。他們說話的速度很慢，在妳接近時轉身將注意力轉向

妳保持妳的腳步節奏。左腳，右腳，頭低著不抬起來，就是繼續走。眼前沒有回頭路，也沒有往前甩開這一切的方法，要有覺悟，妳只能穿越過去，

無止盡地穿越，就這麼直直地踩過去。這個充滿敵意的環境啊。這段充滿敵意的人生啊。然後，那個詞——即便是在雄偉大英帝國透過金錢及地位隨便建起的一座橋上，這裡的孩子都受到了那個如同「芝麻關門」的詞彙滲透影響；就在矗立著這座橋的各種結構、牆面和四面八方的雄偉雕像之地——那個吐口水的女孩把「那個詞」吐向你，之後又從齒間噴出更多唾液。這次她劃破的是沉默，而不是水面

他們在笑而妳已經走過他們身邊妳沒有回頭，妳就是繼續走，忽略身後他們踢起腳踏車踏板後快速旋轉著踏板蜿蜒遠去的聲響

別看

醫生說我不明白——

我回想起盧，有一次他在我旁邊的座位上吃午餐，費蘭多．卡斯蒂利亞[20]死亡的影像在他螢幕中的文章段落間播放。他把墨西哥捲餅舉到嘴邊，將鋁箔紙從軟麵皮上剝開，同時用舌頭接住掉出來的豆子。醫生說我不明白，她說我不明白那種結果帶來的痛苦，就是放著癌症不治療的痛苦。到時候我一定會希望有早點採取行動，她說。痛苦，我重複她的話。惡意。同化——放射線、射線。肉體遭到侵蝕，受到食人的視線蹂躪。影片，還有墨西哥捲餅。盧黏答答的手覆蓋住滑鼠，點擊關掉了影片。

（所謂明白：他們渴望吞噬掉妳的苦難，並用我們因此展現的恐慌、那種讓毛髮直豎的震顫來取樂；那種苦難重新肯認他們所知的一切果然是更為無庸置疑的真理／他們將妳的苦難完整吞下時那份苦難既慌亂又驚恐又刮擦著他們的喉頭／那種滿足感就像一條線遭到拉扯，逐漸展開，然後潰散。）

我在走路，我腳下的嘎吱及窸窣作響已轉為塵埃的囈語；那是一種失重又輕柔飄浮的前行。我是真的迷路了，同時也在更為廣泛、抽象的這段敘事中迷失了。儘管回頭往下看，我仍能看見那棟屋子：那棟紅色磚房高高聳立在巨大的白色天幕的後方，就彷彿此刻唯一存在的只有這棟屋子、這片天幕，還有我們之間的距離。我為什麼要這樣做？我已經把那位兒子、那個家庭，還有他們的家簡化為一個個精選片刻、吉光片羽，以及摘要，並將他們透過他人的話語及行動縫合在一起。那些他人都是真實、複雜的個體。超越。我把他們抬高到跟我一樣的所在，抵達這些仍未遭到人力征服的隱喻層面。在這個層面，我們可以在彼此面前用簡化的方式扮演自己，也就是說，我在想，那位母親是對的，新鮮空氣確實能讓人神清氣爽。

然而，我的實體仍在此處，而且不覺得安全。我的存在讓同事、陌生人、點頭之交或甚至朋友心神不寧。我曾受到同事的怒氣波及，他當時正半說半吼

20 二〇一六年，費蘭多．卡斯蒂利亞（Philando Castile）這位三十二歲的黑人在一次交通盤查中遭到警方射殺，槍擊現場的影片被卡斯蒂利亞的女友上傳至網路，因此引發了廣泛關注。那位警察遭到起訴，但獲判無罪。卡斯蒂利亞和女友的家人後來針對市政府的疏失提起訴訟，後有拿到和解金。

地談起自己對「肯定性行動」[21]的想法。**去他媽的保障名額**。就連小瑞把柔軟的手搭在我的肩膀上，說著她能理解，當然能理解時，也一樣隱約帶有怒氣。她能理解但還是很難接受啊，妳懂嗎？就好像現在光是身為一個女人已經不夠了。

此處他們毫不質疑的假設那些好處都是他人贈與的，是不勞而獲的，是搶來的，是從真正有資格又努力工作的——

儘管眼前的山丘空蕩無人，我可以自由行走其間，驅策他們這樣想的力量所帶來的威脅卻無所不在。這份力量讓他們想保護這個地方不受我的破壞。任何一個時刻，他們當中的任何人都可能出現並有權要求知道我是誰、我在做什麼。

是誰跟我說我可以在這裡這樣做？

那位兒子——他喜歡那些惡魔般的男人在光鮮亮麗的辦公室及米其林餐廳幹醜惡勾當的故事。在那些人最後戰勝難關之前，他透過他們的痛苦及良心掙扎感到愉悅。故事結束之後，他會微笑著捏捏我的手，自在地坐著，對於自己參與了這個靜謐而幸福的結局感到安慰。一切都有解答。

他介紹我跟光譜上各種位置的政治圈朋友認識。保守派會嗚嗚啊啊地點頭，說我體現了這個國家的意義，而且口才還很好呢！有些皺眉的自由派會簡潔明瞭地指出：我所做的不道德工作對我的族群沒有建設性。我能明白嗎？我最主要的問題是貧窮而非種族。他們表情真誠，歪頭估量我對自己在這個社會的角色有多少認識及理解。他們為了談論「公平」召喚出船隻、潮汐和漲潮等各種比喻。不是在說賠償——就連社會主義也不會搞那麼過頭。不過確實也有人提議仰賴相當資本主義式的涓滴效應，認為利益可以從英國滲透到他國境內

21 「肯定性行動」（Affirmative action）指的是給予少數或弱勢群體優待的一種手段，其中可能包括因為膚色、種族、宗教、性別、國族出身等而發展受限的群體。

所有落後的公民朋友身上。就該透過經濟上的慷慨：貿易和強而有力的關係！全球性的領導能力！中立派的人此時點頭。那位兒子也點頭。既然是這個說法，大家也都能同意了。

他們認真看待自身背負的現代性包袱，看得比未來肉漢堡及淋上松露油的厚切薯片還重要。

根據貝爾．胡克斯[22]的說法：若想讓生存機會變得有意義，我們在處理去殖民化時就必須採取一種批判性實踐……對，沒錯！但我不知道怎麼做。當建構殖民概念的基本事實在這些獲益者的心中仍有爭議時，我們要怎麼去檢視這些殖民行動留下來的遺產？就算擁有那些六〇年代沒燒掉的檔案又如何——當時有一波政府認可的摧毀檔案狂潮，許多英國官員也就這麼做了，為的是不讓皇后難堪。這樣的舉動更為幽微隱伏，儘管相對來說沒有引起社會轟動，事後卻證明帶來了最嚴重的衝擊：因為在這個國家的全國性課程中造成了刻意的排除及混淆效果。透過這種作法，被摧毀的不只是檔案紀錄。焚燒本身就已是摧毀。

帶著無比驚人的自在心態，英國二十世紀無關戰爭的歷史就被這麼連根拔起，從國家的集體記憶中遭到挖除、替代，取而代之的是帝國博愛統治帶來繁華所塑造的曖昧童話。當我們沒有共同的知識基礎，又要如何透過後殖民的透鏡去開啟話題、討論，甚至是思考呢？若就連關於事件的最簡單陳述——保存在這個國家檔案資料中的說法——都像各種錫箔帽陰謀論[23]一樣足以讓這個國家受過教育的公民心生懷疑，那我們要如何繼續？

我可以在去學校時試著說些什麼。我可以對著集會堂中尋求啟發及鼓勵的

22 貝爾．胡克斯（bell hooks）是葛勞瑞亞．珍．沃特金（Gloria Jean Watkins，1952-2021）的筆名，她是美國著名的非裔女權學者及作家。

23 錫箔帽是用一層或多層鋁箔或者類似材料製成的頭飾。有人販賣這種帽子，聲稱它可以抵擋電磁場對大腦的影響，或抵擋思想控制或讀腦。佩戴錫箔帽可以防範上述威脅的想法沒有科學證據支持，更淪為一個廣為認知的人物形象刻畫和嘲笑用詞。

孩子說些什麼。因為即便到今天，殖民母國都還沒有放鬆掌控的力量。英國持續擁有、剝削在二十世紀期間所剝削的那些土地，並從中獲利。英國持續利用我們來進行交易，還將我們排除在自己的經濟利益之外，英國把我們的未來當作煤礦，用來燃燒運作他們貪得無厭的工業引擎。英國讓我們處在金錢的暴力之下，還教訓我們要能夠自給自足。英國還插手我們的政治、我們的民主、我們進入全球經濟發展階段的資格，藉此創造出許多低經濟開發國家。

最好的情況是：這些孩子長大、同化，找到工作後將大把大把的鈔票送給政府，而這個政府卻會永遠告訴他們，他們不是英國人。這裡不是他們的家。

我該說這些嗎？

不行，我不能這樣直接控訴。有所謂約定俗成的方法，那位兒子這麼解釋，還有許多大家熟悉、而且更好接受的方式。妳要這樣才能真正促進理解。他們演講就是這樣，他說。（他有時會寫政治演說稿。）妳要用糖衣包裝妳的論述，將政治主題夾藏在故事中；妳要讓演說內容跟人產生共鳴、要讓人覺得真正碰觸到他們。誠實，他這麼說。妳要把自己看見的真相塑造成一個敘事弧——

好吧，我嘗試了。我說了一個故事，但他要求更多。他想知道究竟是誰做了什麼事，細節要明確。這些事又是對誰做的？感覺如何？（要讓他打從心底感受到才行。）加害者是誰？（必須是缺點明確的單一個體。不能是一個系統、社會，或者難以分辨的你我大多數人為了維持現狀而表現出的順從……）這件事帶給我們什麼教訓？我們的女主角該如何超越她的受害處境？快跟他說更多啊，他鼓勵著。他說他在聽。他想知道。

我還能說些其他什麼呢？需要多少細節才足以開啟思想、理解，或甚至是他心中某種具有人性及憐憫的根本情感？那種情感就是不存在吧，又或者我就是無法跟那樣的情感對話。我唯一的表達工具就是這個地方的語言，而這語言內建的偏見和預設滲透入所有我得以從中建構出來的論述。

這些字詞，這些在紙頁上排列的象徵符號（本身是純粹的，不受客觀思想闡述所玷污），這些文明的基本單位——它們怎麼可能窩藏惡意？

圖五

白

不屬於任何分類因為反射了全數或幾乎所有入射光

無血色或蒼白，由於痛苦、情緒，等等

博愛或沒有惡意

沒有顏色或者透明

黑

沒有光；徹底陰暗

沒有希望或緩解痛苦的可能；陰鬱

非常骯髒或受到玷污

憤怒或憎恨

應付著生活的各種現實，
特別是用一種悲觀或馬克白式的姿態
頂端覆蓋著或伴隨著雪
反革命的、非常保守的，或是皇室擁護者
造就、衍生自，或活出極度的厄運
空白，如同紙頁上沒有印刷的區域
邪惡或有害
值得敬重或大方
招致或活該失去敬重或受到譴責
道德上沒有瑕疵
（臉）發紫，就彷彿窒息
（時機、時節之類的）前途看好；受眷顧
失血的白
比白還要更白

我要怎麼用這種語言去檢視受到這種語言進一步強化的社會？如果是這個社會孕育出了這個語言、透過訴說讓這個語言得以存在，並將其拉拔成熟，而在此同時，其中的人在所有我可能稱為「家」的地方，以草體字的塗寫傳承啟蒙之際，我的檢視怎麼可能？

白色廂型車體上印刷的白手在黑色背景上揮舞著銀閃閃的手銬，旁邊是大型的印章效果字體，將我們常在遊樂場上聽見的譏嘲話語烙印為納稅人資助的合理訴求：「滾回老家」，不然就等著被逮捕。

圖六

@hmtreasury:

這是今天令人驚訝的＃週五小常識。你們有數百萬人用你們繳的稅金幫忙終結了奴隸買賣交易。

（這是女王陛下財政部的推特帳號的發文，內容是如同小孩子刻意想討大人喜歡的錯誤歷史詮釋，搭配的插圖中還有受奴役的人——圖中有個母親背上綁著嬰兒，脖子上纏著沈重鏈條。圖說內容吹噓著英國的慷慨，因為他們花錢為帝國中所有奴隸買下了自由。你知道嗎？）

他家人今日的財富有部分得益於貸款資助，而那些貸款是用我付的稅金去清償，是吧？沒錯。他是單一個體，我也是單一個體，我們在歷史長流上的自我分身做出那些行動時，我們都不是當事人，是吧？沒錯。不過他靠著這些行動的資本回報過活，而我必須工作清償利息，是吧？沒錯。而我現在人在這裡，走在這一切造就的成果之中，包括他擁有的土地、他珍視的歷史，還有他熟悉的地基、泥土、磚塊，以及好幾公尺高的樹木，另外是他擁有的歸屬感、安全感，還有身處自家的感受。他在這裡擁有這些，始終擁有，而且總是可以回到這裡，是吧？沒錯。睡在這裡的他今早是否看來煥然一新？沒錯。沒錯，當然。這裡就是他的家。

我沒有立刻帶他來看這間公寓。我一直不太想把這部份自我展現給他看，雖然是身外之物，感覺起來卻非常私密。

「是那棟嗎？不，不是那棟？」討論幾天後，我帶著他往公寓走去，當時他指著我們經過的最醜陋建築這樣逗我。他在屋前的花園到處踱步，我則在一大串鑰匙當中尋找外門鑰匙。之後兩道階梯他都是用衝的，一次跳兩階。我們走進屋內，房間都還空蕩蕩的——只有窗簾、地毯，還有之前房客留下的酸腐麝香味。他用手輕撫過有些裂痕的淺乳白色油漆，蹲下來仔細檢查封起來的壁爐，然後走到房間另一端，扯開窗簾透過巨大凸窗往外看，壞朽木窗框發出咖啦咖啦的聲響。

「挺不錯的，是吧？」他對著玻璃說。

在我緊貼的雙掌之間，那把鑰匙感覺好陌生。

「那麼，」他說。「現在妳只缺藝術裝飾了！」

但首先，裝潢。屋子的原本特色被謹慎地修復了。我們上網瀏覽想要的家具和裝飾品。快遞員利用設置在家門口的快遞櫃送來我們選中的物件，一起寄來的來還有一枚簇新平整的白色信封，其中的文件標題：真品證明書。另外在盒內還有一張摺疊整齊的介紹傳單印著這幅平板印刷畫的補充資訊。

每當夜晚獨自在家，在這個自己佈置的品味空間中，我脫光白天穿的所有衣物，各種布料，層層疊疊，全數從肌膚上剝除，直到什麼都不再剩下。然而除了肌膚之外沒有什麼再被揭露；沒有隱藏的自我、沒有赤裸的坦誠。沒有散發異國風情且暴露出一切本質的他者。

什麼都沒有。

我陷入其中。

拉一下，掌握這些敘事線，聚集起來後全數纏繞在自己身上，透過碎片將自己重建起來。說吧：我愛你。我愛在這裡工作。我愛自己今天的演講內容。不，這沒什麼。我很好，很好；我很興奮，沒錯，為未來感到興奮——說他們要你說的話不說他們不要你說的話，活下去就是了；邁向無從避免的結局。就跟我們的母親一樣、跟我們的父親一樣，都一樣。跟活在他們之前的我們的祖父母一樣。活下去。

在此之前，我不確定自己真正明白：我其實可以停下腳步，我除了存活之外還有其他選擇。但在我逐步變形的過程中，我發現了可能性。我必須嚴肅地提問：我為什麼要活著？為什麼要進一步讓自己屈從於他們將我簡化的凝視？屈從於這樣將人逐漸摧毀的客體化？我為什麼要承受遭到非人化的命運？我有公寓、存款，還有一些投資、退休金，以及金額可觀的人壽保險。我為自己積累出了全新的機會，一個足以傳遞下去的機會。我能傳遞出去啊，給我的妹妹，我能給她一次奮戰的機會。不過這不會是她想要的。沒錯，我要在這裡拋下她了。

但為了繼續下去，即便現在我有了選擇，我也得選擇順從。

存活讓我參與了他們的敘事。無論成功或失敗，我的存在只會強化這個敘事建構。我要是抗拒，就是抗拒擁有這些可能性，就是抗拒這個人生。沒錯，我理解那種痛苦。那種痛苦是必須已經轉化——超越——想要摧毀這個建構的心態。那種痛苦是渴望回歸，老天垂憐，也就是回歸塵土。

驀然回首，原來我在這條路上已經走了這麼遠。

我轉身檢視來時路的光景。即便爬到這麼高了，我還能在皮膚上感覺到啊，感覺到這地方砰砰巨響的民族主義。我是鼓面上拉緊的那張鼓皮，他們的身份認同因我而聲聲敲響。我無法躲開這節奏。一切事物都在等待著，比如週一——先去紐約，然後回辦公室。我此生餘下的所有週一發出愈來愈大的聲音，砰砰作響、碾壓而來，以漸強的勢頭襲向我，排山倒海——

——但好安靜啊，此時此刻。我坐在草地上，望向遠方這個家族在豪宅內外奔忙。在我眼前的畫面的動靜都好微小，聲音與畫面分離，但構圖細緻。屋子和綠意形成絕美背景，前方則是活力充沛的花園場景。那些水果和酒瓶，熟成的作品，在現場鋪排開來，準備好隨時遭人拔開木塞或者食用；還有那張開的一張張嘴巴。四個人影——他們身穿黑衣——以最微小的筆觸搭起表演台，然後打開一個個箱盒，於是先有了「喀啦」一聲，然後傳來完全意料之內的「啪」，但最後的「嘰啞」卻沒能聽見——但就在他們以母親般的謹慎關愛，將樂器從內裡鋪了絨布的箱盒中取出時，我幾乎可以聞到那抹甜甜的樹脂氣味。

這個畫面中有太多細節足以取悅觀者的貪婪雙眼。其中可以看見許多生動角色：手上拿著文件夾板的外燴負責人正站在角落撫平一張桌巾。天幕的一個角落鬆開後在人們上方無害地翻飛著——有條很細微的線（想像出來的？暗示著敘事線的存在？）在舒適迎人的微風中搖曳。那位忙碌的母親停下腳步重新擺放一張桌子上的花束。那位女兒則晃著懷中的嬰孩，仔細檢視著一個酒瓶，同時轉身朝向她的丈夫。

沒錯啊我正盯著瞧，但沒有貶低的意思。我無法用來自遠方的微弱視線熄滅當中的生猛活力。不過我看過——我看見了，就算無法解釋我在這裡看見了什麼，也無法解釋我逐漸理解的其中含意，我知道夠了。

我已經看夠了。

我用自己做出決定後得以擁有的寬厚耐性觀察著；我決定和這樣的生活保持距離。此時那位兒子，我的男友，他在走出大門後穿越這些小山丘抄近路而來。他的身影偶爾遭到樹木遮蔽，但他持續推進，直到身影大到無法再是眼前光景的一部分。終於他踏出了那幅畫面，成為真實生活中的人。他繼續前進。

「妳在這裡啊，」他走到我身邊說。「躲起來啊？」

我抬頭瞇眼望向他的臉。他舉高一支打開的香檳，調皮地咧嘴笑。

「偷了點喝的來！」

他蹲下後伸展開身體，最後終於姿態笨拙地躺在我身旁。他把酒瓶放在草地上。他的襯衫袖子和領子被緊身背心箍住的地方皺皺的。我想我聽見了樂團正在暖身的悠遠迴響，那迴響在這些地雀躍奔忙的聲音風景中融入了一絲既苦澀又甜蜜的情懷。

「聽著。小狗那件事，之前——」他打住。我望著他翻身平躺下來。

「我一直在想，」他對著天空說，「在想這一切。妳懂我的意思，就是妳——我們跟癌症擦身而過的事，」他說那個詞時戲劇化地壓低音量，為其中注入一種古怪又嗡嗡作響的激情質地。「因為曾經這麼靠近——就是，死亡。我對生命有了全新的看法。這是一記響鐘，提醒了我什麼才是重要的，而且是真正對我有意義的。」

「人生啊，真是……」他微笑，他的雙眼旁擠出了我熟悉的紋路。

「我們得好好把握！」

我從這裡無法看見倫敦。沒有任何事物劃破或刺穿這片軟軟的藍色天空。他的狀態因為這片天空變得更好了。大城市一直在侵蝕他——或許是其中的構造、整個產業，又或者是熙攘熱鬧的全球化氛圍。他轉向我，雙眼睜大，眼神搜尋著。他把手搭在我的手臂上。

「我爸媽覺得妳很棒，」他微笑。我們沉默地躺著，就這麼躺了一陣子。

「管他的，」他說。「我們結婚吧。」

他扭動身體朝我靠近，雙眼輕柔閉上，嘴唇為了親吻而噘起。他在這一刻完全相信自己說的話，我相信他是這樣。但他只是一時興起，而那份興頭會過去，只要再有任何新潮有趣的事物來襲，或是下一場冒險，那份興頭就會過去。我懂。那是一個男孩的衝動，而且這個男孩透過肉體骨頭血液皮膚感受到，他生來就是要統馭這個偉大的國家——這個日不落之國。太陽仍未落下，天色明亮，此時此刻的天空藍得不可思議。他又是那個對勁的自己了。在這個地方，在他的家，在這個讓他跟我差異對比極大的地方。但要是沒了這個地方，沒了那種對比之後——

妳原本指望在這裡找到什麼？

我該回應他的吻。然後我們會一起爬起身，拍掉衣服上的草屑，牽手往下走回屋子那邊。賓客很快就要來了，派對就要開始。一切即將準備就緒。香檳瓶子歪了，嘶嘶冒泡的液體在乾燥的泥土和草葉間匯聚。他的嘴唇因為使勁噘起而輕顫，因為預設能獲得肯定回覆而自信，但然而，又沒了把握。

突然之間，很沒把握。

Natasha Brown

作者　**娜塔夏・布朗**

英國小說家。她的首部作品《集合體》入圍多個獎項，包括佛里歐獎、金史密斯獎和奧威爾小說獎。娜塔夏被評為 2023 年《格蘭塔》最佳年輕英國小說家，以及《觀察家報》2021 年最佳新人小說家。

譯者　**葉佳怡**

台北木柵人，曾為《聯合文學》雜誌主編，現為專職譯者。已出版小說集《溢出》、《染》、散文集《不安全的慾望》，譯作有《憤怒的白人》、《絕望者之歌》、《什麼荒謬年代》、《她的身體與其它派對》、《恐怖老年性愛》以及《永遠的蘇珊：回憶蘇珊・桑塔格》等十數種。

設計　**劉思妤**

從事製書與插畫，嘗試透過頁面逐漸看見事物的更多面向，光明和黑暗。 / IG: s.as.a.metaphor

集合體

二〇二三年八月二日　初版第一刷

作者　娜塔夏·布朗
譯者　葉佳怡
編輯　林聖修
編輯協力　徐靖玟
發行人　林聖修
出版　啟明出版事業股份有限公司
郵遞區號　一〇六八一
台北市大安區敦化南路二段
五十七號十二樓之一
電話　〇二二七〇八八三五一
總經銷　紅螞蟻圖書有限公司
法律顧問　北辰著作權事務所
定價標示於書衣封底。

ISBN 978-626-97376-5-9

國家圖書館出版品預行編目 (CIP) 資料

集合體／娜塔夏 · 布朗（Natasha Brown）著；葉佳怡譯。
——初版——臺北市:啟明出版事業股份有限公司，2023年8月。
148 面；12.8 x 18.8 公分。

譯自：Assembly
ISBN 978-626-97376-5-9（平裝）

873.57　　112011124

Assembly
By Natasha Brown